노벨 문학상 수상
한강을 읽는 시간

한강 작가의

노벨 문학상 수상을 축하하며

전국국어교사모임의 선생님들이 정성을 다해 쓴 이 책이

한강 작품을 이미 읽은 독자들에게는

작품에 대한 감상의 깊이를 더하고

한강 작품을 읽을 독자들에게는

작품에 대한 좋은 길잡이 역할을 하기를

기대합니다.

[일러 두기]
- 표지에 실은 한강 작가 사진은 연합뉴스에서 제공하였습니다.
- 한강의 소설은 출간 연도 순서대로 배열하여 차례를 구성하였습니다.
- 한강 소설의 작품 제목은 『 』로, 소제목은 「 」로 표기하였습니다.
- 본문에서 작품명을 직접 언급한 경우는 인용한 원문의 해당 쪽을 표기하지 않았습니다.
- 참고한 한강 소설의 펴낸곳과 출간 연도는 아래와 같습니다.
  『채식주의자』: 창비, 2024년판
  『희랍어 시간』: 문학동네, 2024년판
  『소년이 온다』: 창비, 2024년판
  『흰』: 문학동네, 2024년판
  『작별하지 않는다』: 문학동네, 2024년판

노벨 문학상 수상

한강을 읽는 시간

초판 1쇄 • 2025년 6월 16일
초판 2쇄 • 2025년 7월 9일

지은이 전국국어교사모임(안병만, 홍미애, 민태홍, 이석중, 강정한, 황문희)
펴낸이 송영석

개발 총괄 정덕균
기획 및 편집 조성진, 김희중, 정금숙, 조유진, 신용환, 곽지섭, 박미리
마케팅 이원영, 이종오
플랫폼 한종수, 최해리
도서 관리 송우석, 박진숙
표지·본문 디자인 임진성, 문지현

펴낸곳 (주)해냄에듀
신고번호 제406-2005-000107
주소 서울특별시 마포구 잔다리로 30 해냄빌딩 3, 4층
전화 (02)323-9953
팩스 (02)323-9950
홈페이지 http://www.hnedu.co.kr

ISBN 978-89-6446-270-6 43810

- 이 책은 저작권법에 따라 보호받는 저작물이므로 무단 전재와 무단 복제를 금합니다.
- 파본은 ㈜해냄에듀나 구입하신 서점에서 교환해 드립니다.

노벨 문학상 수상

한강을 읽는 시간

전국국어교사모임 지음

2024년
노벨 문학상
수상 소감

● 한강 ●

여덟 살 때의 어느 날을 기억합니다. 주산 학원의 오후 수업을 마치고 나오자마자 소나기가 퍼붓기 시작했습니다. 맹렬한 기세여서, 이십여 명의 아이들이 현관 처마 아래 모여 서서 비가 그치길 기다렸습니다. 도로 맞은편에도 비슷한 건물이 있었는데, 마치 거울을 보는 듯 그 처마 아래에서도 수십 명의 사람들이 나오지 못하고 서 있는 모습이 보였습니다. 쏟아지는 빗발을 보며, 팔과 종아리를 적시는 습기를 느끼며 기다리던 찰나 갑자기 깨달았습니다. 나와 어깨를 맞대고 선 사람들과 건너편의 저 모든 사람들이 '나'로 살고 있다는 사실을. 내가 저 비를 보듯 저 사람들 하나하나가 비를 보고 있다. 내가 얼굴에 느끼는 습기를 저들도 감각하고 있다. 그건 수많은 일인칭들을 경험한 경이의 순간이었습니다.

돌아보면 제가 문학을 읽고 써 온 모든 시간 동안 이 경이의 순간을 되풀이해 경험하고 있었던 것 같습니다. 언어라는 실을 통해 타인들의 폐부까지 흘러 들어가 내면을 만나는 경험. 내 중요하고 절실한 질문들을 꺼내 그 실에 실어, 타인들을 향해 전류처럼 흘려 내보내는 경험.

어렸을 때부터 궁금했습니다. 우리는 왜 태어났는지, 왜 고통과 사랑이 존재하는지. 그것들은 수천 년 동안 문학이 던졌고, 지금도 던지고 있는 질문들입니다. 우리가 이 세계에 잠시 머무는 의미는 무엇일까요? 이 세계에서 우리가 끝끝내 인간으로 남는다는 건 얼마나 어려운 일일까요? 가장 어두운 밤에 우리의 본성에 대해 질문하는, 이 행성에 깃들인 사람들과 생명체들의 일인칭을 끈질기게 상상하는, 끝끝내 우리를 연결하는 언어를 다루는 문학에는 필연적으로 체온이 깃들어 있습니다. 그렇게 필연적으로, 문학을 읽고 쓰는 일은 생명을 파괴하는 행위들의 반대편에 서 있습니다. 폭력의 반대편인 이 자리에 함께 서 있는 여러분과 함께, 문학을 위한 이 상의 의미를 나누고 싶습니다.

감사합니다.

Copyright © The Nobel Foundation 2024

• 한강 작가는 2024년 노벨 문학상 시상식에서 수상 소감을 영어로 발표하였으며, 위의 글은 한강 작가가 문학동네에 보내 온 2024년 노벨 문학상 수상 소감의 한글 원문입니다.

차 례

01 작가 한강 • 안병만 ——— 8

- 2024년 노벨 문학상 선정 이유(안데르스 올손/노벨 문학상 심사 위원장)
- 노벨 문학상? 노벨 문학상!
- 한강의 소설을 읽어야 하는 이유
- 한강의 소설은 인간 삶의 연약함을 드러낸다
- 회복은 상처를 드러내는 데서 시작한다
- 한강 작품의 모티프, 꿈
- 한강 작품 속의 *이탤릭체(기울임글꼴)*
- 한강의 소설에는 작가의 삶이 투영되어 있다

02 채식주의자 • 홍미애 ——— 36

- 들어가며
- 세 가지 빛깔로 엮어 내는 하나의 이야기
- 이야기를 전달하는 특별한 방법, 시점
- 욕망이 빚어낸 삶의 모습들
- 욕망의 폭력성, 폭력적인 삶
- 불완전한 삶에 던지는 질문들
- 상징으로 작품 읽기
- 남은 이야기

03 희랍어 시간 • 민태홍 ——— 62

- 들어가며
- 나와 너, 그리고 우리의 이야기
- 세상이 환(幻)이고, 산다는 것이 꿈이라는 화두
- 침묵에 귀 기울이기
- 꿈은 무의식의 우물로 들어가는 열쇠
- 체온으로 전하는 따뜻한 소통
- 남은 이야기

04 소년이 온다 • 이석중 ——— 88

- 들어가며
- 일곱 개의 시선으로 보는 소년의 이야기
- 학살과 저항-5·18 민주화 운동
- '우리'와 '우리 군대'의 애국가와 태극기
- 소년 동호, 도청에 남다
- 왜 '소년'이며 왜 '온다'일까
- 시점의 변주와 의미 구성
- 인물들의 개별성과 동질성
- 어머니의 마음 '꽃 핀 쪽으로'와 이탤릭체
- 남은 이야기

05 흰 • 강정한 ——— 122

- 들어가며
- 예순다섯 개의 조각이 만들어 내는 한 편의 이야기
- 내면에서 길어 올린 섬세한 감성
- 가능성으로 열려 있는 '흰'
- 고통스러운 현실과 인간의 존엄
- 금빛 실로 연결된 한강과 '흰 도시'
- 남은 이야기

06 작별하지 않는다 • 황문희 ——— 154

- 들어가며
- 소설 속 인물들을 따라가며 작품 읽기
- 잠들지 않는 남도, 제주도
- 기억을 위한 서사의 방식
- 애도하는 방법
- 기억하는 방법
- 가벼우나 가볍지 않은 소재
- 남은 이야기

▲ 2024년 노벨 문학상 시상식 장면 (사진: 연합뉴스)

01 작가 한강

안 병 만

- 2024년 노벨 문학상 선정 이유
- 노벨 문학상? 노벨 문학상!
- 한강의 소설을 읽어야 하는 이유
- 한강의 소설은 인간 삶의 연약함을 드러낸다
- 회복은 상처를 드러내는 데서 시작한다
- 한강 작품의 모티프, 꿈
- 한강 작품 속의 이탤릭체(기울임글꼴)
- 한강의 소설에는 작가의 삶이 투영되어 있다

2024년 노벨 문학상 선정 이유

- 안데르스 올손(Anders Olsson/노벨 문학상 심사 위원장)

한강은 1970년 대한민국 광주에서 태어나 아홉 살 때 가족과 함께 서울로 이주했습니다. 그녀는 저명한 소설가인 아버지가 있는 문학적인 가정에서 자랐습니다. 그녀는 글쓰기와 더불어 미술과 음악에도 심취해 왔으며, 이는 그녀의 문학 작품 전반에 반영되어 있습니다.

한강은 1993년 잡지 『문학과 사회』에 여러 편의 시를 발표하며 문단에 데뷔했습니다. 1995년 단편 소설집 『여수의 사랑』으로 산문 데뷔를 했고, 곧이어 소설과 단편 소설 등 여러 산문 작품을 발표했습니다. 그중 주목할 만한 작품은 소설 『그대의 차가운 손』(2002)입니다. 그 소설에서 한강의 미술에 관한 관심의 흔적이 명확히 드러나 있습니다. 이 책은 여성의 신체를 석고 모형으로 만드는 데 집착하는, 실종된 조각가가 남긴 원고를 재현합니다. 인체에 대한 집착, 인간이 쓴 탈과 그의 경험 사이에 존재하는 행위가 있습니다. 그리고 인체가 드러내는 것과 인체가 감추는 것 사이의 갈등이 조각가의 작업에 드러납니다. 책의 마지막 부분에 한 문장으로 이를 명확하게 주장하고 있습니다. "삶의 껍데기 위에서, 심연의 껍데기 위에서 우리들은 곡예하듯 탈을 쓰고 살아간다."

한강은 소설 『채식주의자』(2007 / 영어 번역본: 『The Vegetarian』, 2015)로 국제적으로 큰 반향을 일으켰습니다. 총 3부로 구성된 이 소설은 주인공 영혜가 음식 섭취라는 규범에 복종하기를 거부했을 때 벌어지는 폭력적인 결과를 묘사합니다. 고기를 먹지 않기로 한 그녀의 결정은 전혀 다른 다양한 반응에 부딪힙니다. 그녀의 행동은 남편과 권위주의적인 아버지 둘 모두에게 강하게 거부되고, 그녀의 수동적인 육체에 집착하는 영상 예술가인 그녀의 형부에게 그녀는 성적으로, 미학적으로 착취당합니다. 결국 영혜는 정신 병원에 입원하게 되고, 그곳에서 그녀의 언니는 그녀를 구조하여 '정상적인' 삶으로 되돌리려 노력합니다. 그러나 영혜는 위험하면서도 유혹적인, 식물 왕국의 상징인 '불타는 나무'를 통해 표현되는, 점점 더 깊은 정신 이상 상태로 빠져듭니다.

좀 더 줄거리가 있는 책으로는 2010년에 발표된 『바람이 분다, 가라』가 있습니다. 이 작품은 우정과 예술성에 관한 방대하고 복잡한 소설로, 비탄과 변화에 대한 갈망이 강하게 드러납니다.

극단적인 삶의 이야기에 대한 한강의 신체적 공감은 점점 더 강렬해지는 은유적 문체를 통해 강화됩니다. 2011년 작 『희랍어 시간』(영어 번역본: 『Greek Lessons』, 2023)은 두 연약한 개인 사이의 특별한 관계를 매혹적으로 그려 낸 작품입니다. 연이은 트라우마로 말을 잃은 젊은 여성이 고대 그리스어를 가르치는, 시력을 잃어 가는 교사와 만나게 됩니다. 두 사람의 결핍을 통해 깨지기 쉬운 사랑이 싹트며, 이 작품은 상실과 친밀감, 언어의 궁극적인 조건에 대한 아름다운 명상을 보여 줍니다.

소설 『소년이 온다』(2014 / 영어 번역본: 『Human Acts』, 2016)에서 한강은 자신이 성장한 도시 광주에서 벌어진 역사적 사건을 정치적 기반으로 삼습니다. 광주에서는 1980년 대한민국 군부에 의한 대량 학살이 자행되는 가운데 비무장한 수백 명의 학생과 시민들이 살해되었습니다. 역사의 희생자들에게 목소리를 부여하려는 시도로, 이 책은 해당 사건을 잔혹하게 재현하며 그렇게 함으로써 증언 문학이라는 장르에 접근합니다. 그러나 한강의 문체가 간결하면서도 환상적이어서 이 작품은 이 장르에 대한 우리의 예상에서 벗어납니다. 그녀는 특히 죽은 자들의 영혼을 몸에서 분리하여 자신들의 소멸을 목격하게 하는 독특한 방식을 사용합니다. 매장되지 못한 신원 불명의 사체를 바라보는 그 특별한 순간, 그 글은 소포클레스의 『안티고네』의 기본 모티프를 떠올리게 합니다.

『흰』(2016 / 영어 번역본: 『The White Book』, 2017)에서는 한강의 시적 문체가 다시금 두드러집니다. 이 책은 태어난 지 불과 몇 시간 만에 세상을 떠난 화자의 언니에게 바치는 비가(悲歌)입니다. 흰색 물체들에 관한 짧은 글의 연속으로 구성된 이 작품은 슬픔의 색으로서 흰색을 통해 전체적으로 연계되도록 구축되어 있습니다. 따라서 이 작품은 소설이라기보다는 오히려 일종의 '세속적 기도서'같이 여겨지고 그렇게 서술되어 있습니다. 화자는 상상 속 언니에게 삶이 허락되었다면, 그녀 자신의 존재는 허락되지 않았을 것이라고 추론합니다. 또한 이 책은 죽은 자들을 향한 메시지로 끝을 맺습니다. 마지막 문장에서 화자는 이렇게 말합니다. "그 흰, 모든 흰 것들 속에서 당신이 마지막으로 내쉰 숨을 들이마실 것이다."

또 다른 주목할 만한 작품은 2021년에 발표된 『작별하지 않는다』입니다. 이 작품은 『흰』과 고통의 이미지를 통해 긴밀히 연결되어 있습니다. 이 작품은 1940년대 후반 대한민국 제주도에서 발생한 학살의 그림자 속에서 전개됩니다. 당시 공산주의 협력자로 의심받아, 아이들과 노인들까지 포함하여 수만 명의 사람들이 총살당했습니다. 이 책은 화자와 그녀의 친구 인선이 공유하는 애도 과정을 그립니다. 이들은 사건이 발생한 지 오랜 시간이 지나고도 친척들에게 닥친 재난 관련 트라우마를 함께 짊어지고 살아갑니다. 응집되고 정확한 이미지로, 한강은 과거가 현재에 미치는 힘을 전달할 뿐 아니라, 집단적 망각에 빠져 버린 것을 계몽하고 그들의 트라우마를 공동 예술 프로젝트로 전환하려는 친구들의 굴복하지 않는 시도를 강력하게 드러내고자 합니다. 이러한 프로젝트는 작품 제목의 기원이 됩니다. 이 책은 대물림된 고통만큼이나 가장 깊은 형태의 우정에 관해 이야기하며, 악몽 같은 꿈의 이미지와 진실을 말하려는 증언 문학의 성향 사이에서 대단한 독창성으로 감동을 줍니다.

한강의 작품은 이처럼 고통의 이중적 노출, 즉 정신적 고통과 육체적 고통의 상호 연관성을 특징으로 하며, 이는 동양 사상과 깊은 관련이 있습니다. 『회복하는 인간』(2013)에서는 다리에 회복 불능의 화상을 입은 주인공과 죽은 언니 사이의 고통스러운 관계가 중심에 놓입니다. 진정한 회복은 실제로 일어나지 않으며, 그 고통은 지나가는 고통으로 환원할 수 없는 근본적인 실존적 경험으로 나타납니다. 『채식주의자』와 같은 소설에서도 단순한 설명이 제공되지 않는 것처럼, 여기서도 일탈적인 행위는 주인공의 침묵 속에서 갑작스럽고 폭발적으로 나타납니다. 비슷한 점은 단편 소설 『에우로파』(2012 / 영어 번역본: 『Europa』, 2019)에서도 발견됩니다. 여기서 여자로 차려입는 남성 화자는 불가능한 결혼 생활에서 벗어난 수수께끼 같은 여인에게 끌립니다. "원하는 대로 다 살아 낼 수 있다면 뭘 할 것 같아?"라는 그 여인의 질문에 화자는 침묵으로 일관합니다. 이 작품에는 성취나 속죄가 들어설 여지가 없습니다.

한강은 그녀의 작품에서 역사적 트라우마와 보이지 않는 규범들을 직면하며, 각각의 작품을 통해 인간 삶의 연약함을 드러냅니다. 그녀는 신체와 영혼, 살아 있는 자와 죽은 자 사이의 연결에 대해 독특한 인식을 보이고 있으며, 시적이고 실험적인 문체를 통해 현대 산문의 혁신가로 자리 잡았습니다.

Copyright © The Nobel Foundation 2024

- 위의 글은 2024년 노벨 문학상 심사 위원장인 안데르스 올손이 발표한 내용으로, 노벨상 홈페이지에는 '작가 연보(Biobibliography)'라는 제목으로 실려 있습니다.

노벨 문학상? 노벨 문학상!

2024년 10월 10일 스웨덴 한림원은 노벨 문학상 수상자로 소설가 한강을 선정한다고 발표하였습니다. 이로써 그는 노벨 문학상을 수상한 첫 번째 한국인이 되었고, 우리는 노벨 문학상을 수상한 작품을 번역하지 않은 채로 온전히 감상할 수 있는 즐거움을 누리게 되었습니다.

노벨상은 인류를 위해 크게 헌신한, 살아 있는 사람을 대상으로 매년 시상하는 상입니다. 이 상은 1901년에 제정되었으며 물리학, 화학, 생리·의학, 문학, 평화, 경제학 등 총 6개 부문에 시상하고 있습니다. 노벨상은 세계에서 가장 권위 있는 상으로 손꼽힙니다. 상금 규모도 큰 편이지만, 무엇보다도 그 분야에서 세계에서 최고의 권위를 인정받는 인물에게 수여되며, 이전 수상자들과 어깨를 나란히 하는 영광을 누리기 때문일 것입니다.

노벨 문학상 수상자 중 우리에게 익숙한, 권위 있는 작가는 누구일까요? 『노인과 바다』로 유명한 어니스트 헤밍웨이를 우선 꼽을 수 있습니다. 그는 1954년에 수상했죠. 그 외에도 『대지』를 지은 펄 벅(1938년), 『이방인』의 작가 알베르 카뮈(1957년), 『데미안』을 지은 헤르만 헤세(1946년), 『분노의 포도』의 작가 존 스타인 벡(1962년), 『파리 대왕』의 윌리엄 골딩(1983년), 『눈먼 자들의 도시』의 작가 주제 사마라구(1998년) 등을 떠올릴 수 있습니다.

너무나도 유명하고 최고의 권위를 지닌 작가인데도 노벨 문학상을 수상하지 못한 사람도 있습니다. 그는 바로 톨스토이입니다. 그의 소설

『전쟁과 평화』, 『안나 카레니나』, 『부활』 등은 전 세계적으로 유명하죠. 노벨 문학상이 시행된 지 10년째인 1910년에 그가 사망한 게 이유인지, 아니면 다른 정치적인 이유인지는 불분명하지만 안타깝게도 그의 이름은 수상자 명단에 없습니다.

흥미롭게도 노벨 문학상을 거부한 작가도 있었답니다. 그는 바로 "존재는 본질에 앞선다."라는 말로 유명한, 실존주의 작가이며 철학자인 장 폴 사르트르입니다. 노벨 위원회는 그에게 "사상적으로 풍부하고 자유의 정신과 진리를 추구하는 열정이 담긴 그의 작품이 우리 시대에 지대한 영향을 끼쳤기 때문"이라며 수상을 제안하였으나 그는 "작가가 어떤 기관에 의해 제도화되는 것을 거부한다."라며 상을 받지 않았습니다.[1] 그리고 2016년에 미국 포크록 가수인 밥 딜런이 수상한 것도 이례적인 사건으로 꼽힙니다. 이 수상은 노래 가사에까지 문학의 지평이 확장되었음을 보여 주는 사례이기도 했습니다.

그런데 노벨 문학상 수상자들은 대체로 서양 작가입니다. 2024년까지 노벨상 수상자 121명 중 프랑스 16명, 스웨덴 8명을 비롯한 유럽 작가들이 90여 명을 차지하고 있지요. 수상자가 창작한 언어도 영어, 프랑스어 등이 속한 인도·유럽 어족이 대부분입니다. 110여 명의 수상자가 이 언어로 창작 활동을 했으니 그 비중이 압도적으로 높은 것을 알 수 있지요.

아시아에서는 몇 명이 수상하였을까요? 4명이 수상하였는데 모두 남성 작가입니다. 타고르(영국령 인도, 1913년), 가와바타 야스나리(일본, 1968년), 오에 겐자부로(일본, 1994년), 모옌(중국, 2012년)이 그들입니다. 이들 중 타고르는 그의 시 「동방의 등불」(1929)을 통해 우리 민족에게 특별한 의미를 주는 시인으로 평가받습니다. 이 시는 2000년대 초반 고등학교 문학 교과서에 실리기도 하였답니다.

> 일찍이 아세아의 황금 시기에
> 빛나던 등촉의 하나인 코리아
> 그 등불 한번 다시 켜지는 날에
> 너는 동방의 밝은 빛이 되리라[2]

이번 한강 작가의 수상은 무엇보다도 그의 작품이 세계 문학사에서 한 획을 그을 만큼 뛰어났기 때문일 것입니다. 혹은 중국, 일본 다음으로 세계에서 주목할 만한 국가로 성장한 우리나라의 위상이 반영된 것일지도 모릅니다. 그리고 '한류[K-culture]'의 위상이 영향을 준 것일지도 모르고요. 아니면 그의 작품『채식주의자』(영어 번역본:『The Vegetarian』)가 2016년에 세계 3대 문학상 중 하나인 맨부커 국제상을 받고, 2023년에는『작별하지 않는다』(프랑스어 번역본:『Impossibles adieux』(불가능한 작별))로 메디치 외국 문학상을 받았기 때문일지도 모릅니다.

여러 이유로 한강 작가가 노벨 문학상을 수상함으로써 한국 문학은 한국인이 한국어로 읽는 문학을 넘어 세계 문학의 일원이 되어, 세계인과 시차 없이 소통하는 문학으로 자리매김하게 되었습니다. 한국 문학이 수신자에서 발신자로, 혹은 수용자에서 전파자로 전환[3]했지요. 그리하여 그가 기록한 한국의 현대사는 인류의 문명사에 영원히 기록되었습니다.[4] 이제 한국 문학이 세계 문학과 어깨를 나란히 하며 읽히는 문학이 된 것입니다. 그래서 앞으로 10년 이내에 한국의 다른 작가가 노벨 문학상을 수상할 수도 있지 않을까 하는 기대를 저절로 하게 됩니다.

한강의 소설을 읽어야 하는 이유

한강 작가의 노벨 문학상 수상은 우리나라 출판계를 뒤흔든 큰 사건이었습니다. 한강 작가의 책 판매량을 보면 그것을 짐작할 수 있는데요. 한강 작가의 작품이 수상 엿새 만에 100만 부 가까이 팔렸고, 2024년 10월 교보문고 온라인 일간 판매 순위에서 상위 20권 안에 15권이 한강 작가의 책이었다고 합니다. 전 국민이 함께 수상을 기뻐하며 한강 작가의 책을 읽으려 했기 때문이겠지요.

그런데 '노벨 문학상을 받았기 때문'에 책을 읽는다면 그것은 너무 뻔하고 시류를 따라가는 행동이라고 비판받지는 않을까요? 그러나 그렇게 비판할 수만은 없습니다. 왜냐하면 노벨 문학상을 받은 작가의 작품을 원문으로 읽을 수 있다는 것은, 한국어를 사용하는 사람들로서 처음으로 누리는 큰 행복이기 때문입니다. 그렇기에 그 대답은 충분한 이유가 있는 자연스러운 것이지요. 하지만 우리는 언제나 단순한 이유 너머를 궁금해합니다. 좀 더 깊은 의미를 찾고 싶어 하죠. "역사적 트라우마에 정면으로 맞서고 인간 삶의 연약함을 드러내는 강렬한 시적 산문"이라고 평가한 노벨 위원회의 말에 담긴 의미를 이해하며 한강의 작품을 읽고 싶은 것이지요.

"진실이라는 것 자체가 어떤 형태로든 빛을 가지고 있는 것이라고 생각합니다."[5] 이 말에서 우리는 한강의 소설 쓰기가 진실이라는 빛을 향해 나아가는 여정이라고 생각할 수 있습니다. 그렇다면 독자인 우리 역시 그 여정에 함께하며 작가의 작품을 통해 진실을 찾아가야 하지 않을까요?

소설은 허구지만, 개연성 있는 이야기로 이루어져 있습니다. 작가의 상상력이 만들어 낸 사건과 인물, 감정이 현실의 논리와 닿아 있을 때, 우리는 그 속에서 현실을 비추는 진실을 발견할 수 있습니다. 예를 들어 박완서의 『엄마의 말뚝』은 6·25 전쟁 이후 사회 속 상처와 회복의 과정을 섬세하게 그려 냅니다. 우리는 이 작품을 통해, 그 시대를 살았던 이들의 복잡한 감정을 간접적으로 경험할 수 있지요. 조정래의 『태백산맥』은 해방과 분단의 역사 속에서 다양한 인물들의 갈등과 선택을 통해 "무엇이 올바른 길인가?"라는 윤리적 질문을 던집니다. 우리는 이 질문에 대한 답을 생각하며 이 소설을 읽고, 자기의 가치관과 비교하게 됩니다.

그렇다면 한강의 소설에는 어떤 의미가 있을까요? 한강의 작품은 인간의 내면과 사회의 실체를 정면으로 마주하며, 깊은 감정과 통찰을 끌어냅니다. 『채식주의자』는 여성의 몸과 욕망을 둘러싼 억압과 폭력, 그로 인한 트라우마를 섬세하게 다룹니다. 우리는 주인공의 고통을 따라가며 인간 존재와 자유를 생각하게 됩니다. 『희랍어 시간』은 시력을 잃어 가는 남자와 언어를 잃은 여자가 서로를 통해 회복되는 과정을 그리며, 깊은 공감의 힘을 보여 줍니다. 『소년이 온다』는 5·18 민주화 운동을 배경으로, 그 상처를 겪은 사람들의 내면을 섬세하게 그립니다. 이 작품은 과거의 고통이 여전히 현재의 고통으로 살아 있음을 증언하며, 집단의 기억과 책임을 성찰하게 합니다. 『흰』은 흰색이라는 상징을 통해 삶, 기억, 존재에 대한 명상적 사유를 끌어냅니다. 『작별하지 않는다』는 제주 4·3 사건과 보도 연맹 사건을 통해, 잊혀 가는 역사에 생생한 감정을 불어넣으며 현재의 우리가 그 고통과 상처에 공감하도록 이끕니다.

그렇지만 한강 소설의 독자들은 한강의 소설이 읽기 힘들다고 느낄 수도 있습니다. 그의 소설을 읽으면서 사건의 흐름을 쉽게 파악하기 어렵기 때문입니다. 그의 시적 산문은, 읽다가도 중간중간 멈칫거리면서 생각하게 만들기 때문입니다. 또 생생하게 묘사한 폭력의 실체를 간접 체험하며 느끼는 충격과 공포가 너무나 강한 데다, 인물의 고통에 공감할 때 오는 정서적 울림이 절대 가볍지 않기 때문입니다.

하지만 우리는 한강의 소설을 읽으며 작가가 소설을 쓰면서 자신에게 던졌던 질문을 생각해 보게 됩니다.

우리는 얼마나 사랑할 수 있는가? 얼마나 사랑해야 우리는 끝내 인간으로 남는 것인가?[6]

세계는 왜 이토록 폭력적인가? 동시에 세계는 어떻게 이렇게 아름다운가?[7]

진실은 언제나 빛을 머금고 있지만, 그 빛이 명확하게 보이지 않습니다. 한강 작가의 소설은 참담한 현실에 짓눌려 살아가는 사람들의 삶을 그리고 있지만, 소설은 빛이 있는 곳을 향하고 있지요. 독자는 작품을 읽으며 소설 속 인물이 바라보는 빛과 진실의 방향으로 시선을 돌리게 됩니다.

한강의 소설은 인간 삶의 연약함을 드러낸다

노벨 위원회는 "각각의 작품을 통해 인간 삶의 연약함을 드러냅니다."라고 한강의 작품을 평가하였습니다. 그의 첫 소설집 『여수의 사랑』부터 최근작 『작별하지 않는다』에 이르기까지 한강의 소설 속 등장인물 대부분은 삶의 연약함에 연유하는 고통스러운 삶을 살아갑니다. "인간의 가장 연한 부분을 들여다보는 것—그 부인할 수 없는 온기를 어루만지는 것—그것으로 우리는 마침내 살아갈 수 있는 것 아닐까, 이 덧없고 폭력적인 세계 가운데에서"[8]라는 말에서 우리는 연약함의 의미를 짐작할 수 있습니다. 끝까지 인간성을 잃지 않으려 몸부림치는 인간에게만 존재하는 것, 인간을 인간으로 존재할 수 있게 하는 힘, 그것이 바로 그 연약함입니다.

한강이 20대 중반에 쓴 작품이 주를 이루는 소설집 『여수의 사랑』, 20대 후반인 1996년부터 2000년까지 발표한 작품이 수록된 소설집 『내 여자의 열매』, 2003년부터 2012년까지 쓴 소설을 묶은 소설집 『노랑무늬영원』의 등장인물 대부분은 처절한 고통에서 벗어나지 못하면서도 고통이 없는 세상, 가족 모두 행복하게 사는 세상을 간절히 갈망합니다. 또한 서로 어긋나면서 상처받고 소외되면서도 조그마한 행복을 누리려 하거나, 신체적으로나 정신적으로 상처를 안고 있지만 회복 가능성에 대한 희망을 품으려 합니다. 『바람이 분다, 가라』의 마지막 문장인 "누군가가 부풀어 오른 팔로 물속에서 파란 돌을 건져 올린다. 누군가가 무릎이 짓이겨진 채 뜨거운 배로 바닥을 밀고 간다."에 인간 존재의 연약함, 희망을 향한 인간의 근원적 모습이 담겨 있다고 할 수 있습니다.

『채식주의자』는 육식 문화로 대표되는 가부장제와 남성 중심 사회에서 여성에게 가해지는 폭력을 그리고 있습니다. 영혜는 전통적 가부장제에 맞서는 방식으로 채식을 넘어 나무 되기를 염원하지만, 인혜는 참고 견디는 방식으로 삶의 무게를 감당해 냅니다. 우리 삶에 일상화된 폭력은 수많은 상처와 고통을 주며 인물들을 좌절하게 하지만, 인물들은 자기 나름의 방식대로 이를 극복하며 생명을 향한 열망과 의지를 드러내고 있습니다.

『희랍어 시간』은 말을 잃은 여자와 시력을 잃어 가는 남자의 고통과 소외를 보여 줍니다. 부모의 죽음, 이혼과 양육권 패소와 같은 외적 요인과 복합적으로 얽힌 실어(失語)는 그녀의 삶을 끔찍하게 만들었습니다. 이렇게 살풍경한 현실에 맞서기에 그녀는 너무나 연약합니다. 남자의 실명은 예정된 운명입니다. 그 어떤 불교의 진리도, 플라톤의 철학적 사유도 그를 구원하지 못합니다. 그는 죽음과 소멸을 꿈꿉니다. 그런 두 사람이 희랍어를 매개로 서로를 발견합니다. 서로의 아픔을 이해하고, 공감하면서 살아야 할 이유를 찾으며 서로에게 있는 온기로 서서히 회복을 꿈꿉니다.

『소년이 온다』에는 막강한 국가 폭력 앞에서 삶과 일상을 빼앗긴 사람들의 고통과 슬픔이 그려져 있습니다. 소년 동호의 죽음으로 상징되는 국가 폭력의 피해는 일곱 개의 뺨을 맞는 은숙, 아직도 트라우마에서 벗어나지 못하는 '나'와 선주의 연약함을 드러냅니다. 그러나 이 연약함은 패배자의 것이 아닙니다. 오히려 그들의 연약함은 서로에 대한 깊은 연민과 인간애를 바탕으로 폭력에 맞서는 힘으로 기능합니다.

『흰』은 '나'의 언니가 될 뻔했던, 태어난 지 두 시간 만에 죽은 아기에 관한 이야기를 중심으로 펼쳐집니다. 어떤 짐승의 새끼보다 연약한 갓난아기의 죽음에 '나'는 마음 아파합니다. 이 밖에도 이 작품에서는 '흰 나비', '흰 개', '전쟁 중에 희생된 사람들'과 같은 연약한 존재들의 죽음에 관해 이야기합니다. 그리고 이들의 희생을 외면하며 아무렇지 않은 척해서는 안 된다고 말합니다. 우리는 '흰 초'를 켜고 이들의 죽음을 기억하고 애도해야 한다고 말합니다. 그래야 우리의 마음속에도 빛이 밝혀질 수 있다고 『흰』은 말하고 있습니다.

『작별하지 않는다』는 거대한 역사적 비극과 예기치 못한 폭력 앞에서 개인이 얼마나 무력하고 연약한 존재인지 섬세하게 그려 냅니다. 살아남은 사람들은 오랜 세월이 흘렀어도 두려움과 트라우마에서 빠져나오지 못합니다. 동시에, 사랑하는 이들을 기억하고 진실을 밝히려는 끈질긴 노력을 통해 인간 정신의 강인함을 드러냅니다. 떠나간 이를 그리는 상실감을 넘어서 기억을 이어 가려는 의지를 함께 조명하며 깊은 울림을 줍니다.

회복은 상처를 드러내는 데서 시작한다

 노벨 위원회는 한강의 소설들이 "역사적 트라우마와 보이지 않는 규범들을 직면"하고 있다고 했습니다. 트라우마는 정신에 지속적인 영향을 주는 격렬한 감정적 충격입니다. 자신의 안전과 생명에 위협이 될 만한 사건을 겪었을 때 발생하죠. 그런데 그 사건이 왜곡되거나 잊히는 중이라면 어떨까요? 그 사건의 피해자들이 진실을 말하지 못하게 하는, 보이지 않는 억압 속에 살고 있다면 어떨까요? 남들이 그 사건을 왜곡하여 말하거나 남들이 그 사건을 알지 못하고 있다면 어떨까요? 틀림없이 피해자들의 트라우마는 점점 깊어질 것입니다. 그렇다면 트라우마를 치유하는 방법은 무엇일까요? 그것은 드러내는 것입니다. "일단 거기에 상처가 있다는 걸 인정해야 치유가 가능할 텐데, (……) 그런 고통을 먼저 상처로 드러내야만 한다."[9]라는 말에서 알 수 있듯이, 회복은 고통을 실감하게 만드는 데서 시작하기 때문입니다.

 노벨 위원회의 말과 직접 연관되는 소설은 『소년이 온다』와 『작별하지 않는다』입니다. 이 두 소설은 각각 5·18 민주화 운동과 제주 4·3 사건이라는 우리나라의 아픈 역사를 다루었고, 이 역사는 현재까지 우리에게 트라우마로 남아 있기 때문입니다. 그리고 피해자들에 대한 왜곡된 시선을 노골적으로 드러내는 사람들이 지금까지도 있고, 피해자들은 두려움으로 제대로 말하지 못하는 상황이 상당히 오랫동안 지속되어 왔기 때문입니다.

 한강은 "문학은 폭력의 반대편에 서는 것"[10]이라고 했습니다. 즉, 문학이 폭력에 고통받는 사람들의 모습을 생생하게 그려 냄으로써 폭력이 정의롭지 못하고 부당하다는 점을 드러내어 결과적으로 폭력이 이 땅에서 사라지게끔 한다는 말이겠지요. 두 소설을 읽다 보면 이 역사의 트라우마가 얼마나 고통스럽게 인물들의 삶에 작동하는지 실감합니다. 그리고 그 고통이 너무나 생생하게 다가와 우리는 조금씩 쉬어 가면서 책장을 넘겨야 할지도 모릅니다. 하지만 그 고통을 체감하는 과정에서 독자는 다시는 이 땅에 이러한 고통이 생기지 않기를, 다시는 이러한 무지막지한 폭력이 난무하는 비극이 생기지 않기를 소망하게 되지요.

이 고통을 겪은 사람들을 애도하기 위하여 한강 작가가 준비한 것은 촛불이 아닐까, 합니다. 『소년이 온다』의 제1장에서 동호는 희생당한 시신을 위하여, 이들의 혼을 애도하기 위하여 초를 밝힙니다. 『흰』에서는 "기억할 모든 죽음과 넋들에게 초를 밝힐 것."이라고 주문합니다. 그리고 "죽지 마라 제발."이라는 말이 몸속에 부적처럼 새겨져 있다고 하지요. 이 말은 국가의 폭력에 희생당한 사람들을 향한 우리의 염원으로 솟아오릅니다. 『흰』에서 "자신의 고국이 단 한 번도 그 일을 제대로 해내지 못했다는 사실을 깨달았다."라고 하며 우리가 이 애도를 반드시 해내어야 함을 말하고 있습니다. 『작별하지 않는다』에서 경하와 인선은 마지막에 촛불을 밝혀 주위의 어둠을 걷어 내고 사라진 이들을 기억하며 영원히 작별하지 않으려 합니다.

한강 작품의 모티프, 꿈

　한강의 소설들에는 꿈 이야기가 자주 나옵니다. 일반적으로 꿈은 우리에게 잠재되어 있던 무의식이나 우리가 느끼지 못했던 욕망 같은 것이 나타난 결과라고 이야기하는데요. 『작별하지 않는다』의 "꿈이란 건 무서운 거야. (……) 자신도 모르게 모든 것을 폭로하니까."라는 문장으로 한강은 꿈의 의미를 직관적으로 이야기하였습니다.

　한강의 소설 몇 편에는 비슷한 꿈이 반복하여 나타나기도 합니다. 『파란 돌』의 '당신'이 꾼 꿈이 『바람이 분다, 가라』에는 인주의 외삼촌이 꾼 꿈으로 나타납니다. "꿈에 보니 난 이미 죽어 있더구나. (……) 동그란 조약돌이었어. 그중에서 파란 빛이 도는 돌을 주우려고 손을 뻗었지. 그때 갑자기 안 거야. 그걸 주우려면 살아야 한다는 걸. 다시 살아나야 한다는 걸."[11] 그리고 이 꿈은 그의 시 「파란 돌」에도 있고, 『어느 날 그는』의 은희의 꿈도 이와 유사합니다. 이 꿈은 삶에 대한 간절한 의지, 살고 싶은 욕망과 연결되는 듯합니다.

　이 책에서 다루는 5편의 작품에도 꿈이 등장하는데요. 그중에 꿈이 가장 크게 작용하는 작품은 『채식주의자』입니다. 여기에서 영혜의 꿈은 모든 사태의 출발점입니다. 영혜의 꿈은 어렸을 때 자신을 문 개를 아버지가 잔인하게 죽인 후 그것으로 만든 국을 먹었던 기억에서 연유합니다. 어떻게 보면 자기반성이 담긴, 영혜의 무의식이 꿈으로 나타난 것이라고 보아야겠지요.

　『소년이 온다』에는 꿈이 많이 등장하지 않습니다. 아마 소설의 현실이 악몽보다 훨씬 더 무서운 상황이기 때문일지도 모르겠습니다. 에필로그에서는 꿈이 연달아 세 번 나옵니다. 첫 번째는 '나'가 광주의 아픔을 몸소 경험한 꿈입니다. '나'가 자료집을 읽으며 느꼈던 감정이 체화되는 과정이지요. 두 번째는 광주의 아픔을, 광주의 진실을 어디론가 알려 달라는 요구를 받은 듯한 내용이며, 세 번째는 5·18 민주화 운동이 일어난 시간과 장소로 가는 것이 쉽지 않다는 내용입니다. 작가가 소설을 쓸 수밖에 없는 운명과 꿈이 연결되지 않았는지 하는 생각이 듭니다.

『희랍어 시간』의 꿈은 등장인물의 삶과 연결됩니다. 여자는 "인간의 모든 언어가 압축된 하나의 단어"를 꿈꾸고 이것을 악몽이라고 합니다. 그리고 앞니가 빠지려는 듯하고 입이 단호하게 틀어막히는 꿈을 반복하여 꾸지요. 말을 상실한 여자의 상황과 긴밀히 연결됩니다. 남자가 수없이 반복해서 꾸는 꿈은 목적지도 모르고 어딘지도 모른 채 어딘가로 가야 하는 자기의 모습입니다. 그때 남자는 "세계는 환이고 산다는 건 꿈꾸는 것이다."라고 중얼거리지요. 하지만 이렇게 암담해 보이는 상황에서도 남자는 삶을 살아가려 합니다.

『소년이 온다』를 쓰면서부터 한강은 악몽을 자주 꾸었고, 꿈 때문에 몇 분 간격으로 깨기도 했다고 합니다. 『소년이 온다』가 출간된 2014년 6월에 꾼 꿈을 그는 적어 두었다고 합니다. "눈 내리는 벌판에 수천 그루의 검은 통나무가 심겨져 있다. 그 벌판의 끝은 바다였고, 밀물이 밀려와 검은 나무 뒤편의 봉분이 잠겨 들어간다."[12] 이 내용은 『작별하지 않는다』의 서두에 나오는 이미지와 같습니다. 『작별하지 않는다』의 주요 인물인 정심의 꿈도 있습니다. 꿈속에서 인선의 얼굴에 눈이 녹지 않은 모습을 보았다는 내용입니다. 사람의 얼굴에서 눈이 녹지 않는다는 것은 이 소설에서 시신과 산 사람을 구별하는 방법으로 제시됩니다. 경하도 죽은 새가 살아나길 바라는 듯한 꿈을 꿉니다. 경하의 바람이 드러나는 꿈이라고 보아야겠지요.

한강 작품 속의 이탤릭체(기울임글꼴)[13]

한강 소설의 특징으로 이탤릭체(기울임글꼴)가 꼽힙니다. 이탤릭체 사용에 관한 질문을 받을 때 한강 작가는 "제가 이탤릭체를 쓰는데, 그거는 그렇게 쓸 수밖에 없어서 뭔가 고안을 했다기보다는, 쓰다가 쓰다가 어떤 감정의 밀도가 이제 차오르면 정체로는 그걸 담을 수가 없어서 이탤릭체로 기울여서 쓰게 되고, (……) 제가 여태까지 안 썼던 어떤 형식이 나오게 되는 거고."[14]라며 말한 바 있습니다. 또 "『내 여자의 열매』에서 여자가 나무로 변한 뒤 누구에게도 들리지 않는 독백을 하는 부분이 있는데, 아마 지금 썼다면 그 부분을 이탤릭체로 했을 것 같아요."[15]라고 했습니다. 한강은 이탤릭체가 일반 서체로 드러내기 힘든 인물의 심리, 감정의 밀도 등을 반영할 수 있는 서체라고 생각했던 것 같습니다.

이탤릭체는 2003년에 발표된 『노랑무늬영원』부터 시작되었습니다. 이후 발표된 소설들에서 이 서체는 계속 쓰였는데요. 소설에 따라서 조금씩 차이는 있지만, 이 서체는 주로 네 가지 상황에서 사용된 걸로 분류할 수 있습니다. 첫째 인물의 내면과 인물의 감정을 드러냄, 둘째 기억과 과거 회상, 셋째 상상이나 무의식의 영역, 넷째 타인의 말 혹은 글의 인용. 이 네 유형이 이 책에서 다루는 다섯 작품에는 어떻게 나타났을까요?

『채식주의자』에는 주로 첫째와 셋째 유형으로 이탤릭체가 쓰였습니다. 이 소설은 주인공이 자기의 마음을 드러낼 수 없는 시점을 선택하고 있습니다. 주인공이 화자의 위치를 얻지 못하고 서술자의 관찰 대상에 불과하게 되어 주인공은 자기 내면을 직접 드러낼 수 없지요. 그래서 이 인물의 내면과 감정을 상세하게 이야기하는 장치로 이탤릭체가 사용되었습니다. 이럼으로써 독자에게 자기의 마음을 전달할 수 있게 됩니다.

『희랍어 시간』에는 이 네 가지 유형 중 앞의 세 유형이 쓰이고 있습니다. 이 소설에는 필담으로 나누는 말, 검지 끝으로 쓰는 말에 이탤릭체가 쓰였다는 점이 독특합니다. 그 인물은 말을 상실하였기에 필담으로 대화를 나눌 수밖에 없지요.

『소년이 온다』에는 네 가지 유형이 모두 쓰이고 있습니다. 인물의 내면에 깊이 침잠해 있으면서 음성으로 내뱉을 수 없는 말이 주를 이루지만, 전해 들은 말 중에서 독자에게 강하게 전달하려는 말도 이 서체로 쓰였다는 점을 알 수 있습니다. 특이한 점은 6장 「꽃 핀 쪽으로」는 전체가 내면의 목소리임에도 이 서체가 사용되지 않았다는 것입니다.

『흰』에는 이탤릭체가 많이 쓰이지는 않았으나, 첫 번째와 세 번째 유형이 간혹 나타납니다.

『작별하지 않는다』에는 이 네 가지 유형 중 앞의 세 유형이 쓰이고 있습니다. 이 소설에서만 나타나는 유형은 한 인물이 자기가 한 영화 작업 내용을 소개하거나 과거 사건 자료를 인용하는 등에 이탤릭체가 사용된 것입니다. 이 소설에서 다루는 사건이 우리가 잘 모르는 사건이 므로 과거 상황을 인용한 부분이 많고, 혼처럼 등장하는 인물이 다른 인물에게 이야기하는 내용도 많습니다. 그래서 『작별하지 않는다』는 한강의 소설 중 이탤릭체가 차지하는 비중이 가장 높은 소설이 되었습니다.

한강의 소설에는 작가의 삶이 투영되어 있다

소설을 읽을 때 반드시 염두에 두어야 하는 것이 있습니다. 작가와 등장인물은 같지 않고, 작가의 경험과 등장인물의 경험도 같지 않으며, 단지 작가가 등장인물에 투영되어 있을 뿐이라는 사실입니다. 예를 들어 『바람이 분다, 가라』의 주인공 이정희의 생일은 1970년 11월 27일입니다. 공교롭게도 한강의 생일과 같다고 추정되지요. 그러나 "수유리 언덕바지 동네의 (……) 작고 낡은 단층 벽돌집이 나왔다. 내가 태어나고 자란 집이었다."라는 서술을 통해 작가와 등장인물이 분리됩니다. 한강이 태어나고 자란 곳은 수유리가 아니니까요. 그럼에도 한강의 소설들에 녹아 있는 작가의 삶을 살펴보는 것은 그의 작품을 더 잘 이해하는 데 도움이 됩니다.

광주와 유년 시절

작가 한강은 광주에서 태어나 유년 시절을 보냈습니다. 한강은 "하마터면 넌 못 태어날 뻔했지."[16]라는 말을 자라는 동안 들었다고 합니다. 이 경험은 『희랍어 시간』에 "자라면서 그녀는 이 일화를 반복해 들었다. 고모들, 외사촌들, 오지랖 넓은 이웃집 여자로부터. *하마터면 넌 못 태어날 뻔했지.* 주문처럼 그 문장이 반복되었다."로 표현되어 있지요. 어릴 적 자아가 완성되기도 전에 자신의 존재가 부정당하는 듯한 이런 말을 들었던 경험이 작가에게는 꽤 큰 충격으로 다가갔을지도 모르겠습니다. 그랬기에 소설에 그대로 드러났겠지요. 그리고 『흰』에도 비슷한 유년 시절의 경험이 있습니다. 이 소설에 등장하는 태어난 지 2시간 만에 숨진 아기가 바로 작가의 언니였죠. 『흰』에서 작가는 친언니로 살아 있었을지도 모를 이 아기에게 삶을 부여하여 서사를 만들어 냅니다.

그리고 열 살 무렵, 한강은 '숲'이라는 단어를 가장 아름답다고 생각했다[17]고 합니다. 이 경험도 『희랍어 시간』에 녹아 있습니다. "그녀가 가장 아꼈던 것은 '숲'이었다. (……) 닫히는 입술, 침묵으로 완성되는 말. 발음과 뜻, 현상이 모두 정적에 둘러싸인 그 단어에 이끌려 그녀는 썼다. 숲. 숲." 자음과 모음, 단어의 모양과 소리, 그 단어에서 오는 느낌을 안다는 것은, 작가가 열 살 때부터 언어에 매우 뛰어난 감각을 지녔다는 점을 보여 줍니다.

또한 작가는 자기가 살았던 광주 옛집을 아련하게 그리워하고 있습니다. 그의 자전적인 산문인 『기억의 바깥』의 "마당에 동백나무 한 그루가 심겨 있던, 담 너머 채석장에서 종일 화강암을 깨는 맑고 높은 소리가 들리던 한옥에서 어린 시절의 여러 해를 보낸 것"[18]에서 그의 그리움을 짐작할 수 있습니다. 집에 대한 기억은 『소년이 온다』에 녹아 있습니다. 이 소설의 주인공 '동호'가 살았던 곳과 에필로그의 '나'가 살았던 곳이 같습니다. 그 집에서 '나'와 동호가 지냈던 방이 '부엌머리 조그만 방'이었으므로 그 집은 '나'와 동호가 연결되는 지점이지요. 이 작품 홍보를 위한 오디오북을 만들 때 작가가 한 말, "저의 목소리로 읽어야 하는 것 같아서 에필로그를 제가 읽고"[19]가 그 증거가 되겠지요.

마음의 고향, 수유리

작가는 열한 살에 서울로 이사합니다. 아버지인 소설가 한승원 씨가 소설에만 전념하기로 한 후였지요. 아버지의 영향은 "어렸을 때 내가 살던 집에서 유일하게 풍족했던 것은 책이었다."[20]에서 알 수 있습니다. 글을 쓰는 아버지의 영향이 아주 컸겠지요. "밤에 자려고 누웠을 때 캄캄한 방의 벽지 무늬들을 보면서 낮에 읽었던 책들을 기억하던 그런 순간들이 좋았다."[21]라고도 작가는 말했습니다. 그래서일까요? 한강이 노벨 문학상 강연에서 말한, "사랑이란 무얼까?/우리의 가슴과 가슴 사이를 연결해 주는 금실이지."[22]라는 구절은 여덟 살이 썼다고 보기 어려운 표현입니다. 사랑과 금실을 연결하는 상상력과 표현력이 정말 뛰어나지요. 마치 책과 더불어 보낸 작가의 어린 시절이 응축되어 나타난 것 같습니다.

서울로 이사한 후 한강은 수유리(지금은 서울 강북구 수유동)에 살게 됩니다. 작가는 "수유리, 하면 그냥 뭉클해요."[23]라고 할 만큼 수유리를 고향으로 여기는 듯합니다. 그래서 그런지 한강의 소설에는 수유리가 배경인 작품이 더러 있습니다.

한강은 "어릴 때 연등회를 보고 '이렇게 아름다운 게 이 세상에 있나?'라고 생각했던 게 기억납니다."[24]라고 했습니다. 그가 수유리에서 가까운 사찰인 삼각산 도선사에서 보았던 장엄한 연등회는 『붉은 꽃 속에서』에 아름다우면서도 처연하게 묘사되어 있습니다. 『희랍어 시간』에서 남자가 독일의 여동생에게 보내는 편지는 "수유리의 우리 집 기억하니."로 시작하여 남자의 추억 여행이 고향을 그리워하는 것처럼 펼쳐집니다. 이 편지에서 그는 그가 가장 아름다웠다고 했던 연등회 이야기도 하지요.

『노랑무늬영원』의 '나'가 수유리에서 가까운 북한산을 오르내리고, 『희랍어 시간』에서 남자는 인수봉과 백운대라는 두 개의 흰 바위 봉우리를 올려다보면서 자랍니다. 『바람이 분다, 가라』의 이정희와 서인주는 수유리의 같은 골목에 살았고, 이 동네에서 중학교와 고등학교를 같이 다녔지요. 이정희는 자기의 정신적 연인인, 서인주의 외삼촌이 죽은 후 지금까지 그를 마음속으로 그리워합니다. 그 그리움은 수유리를 향한 작가의 감정과도 연결되는 듯하지요. 그리고 한강 작가가 먼 훗날 『소년이 온다』를 쓴 계기가 되는 5·18 민주화 운동의 사진첩을 본 곳, 그때 사람들의 고통과 아픔을 간접적으로 체험한 곳도 이곳 수유리입니다.

작가의 모습이 얼핏 보여

한강은 대학교를 졸업한 후 잡지사의 기자로 일하지요. 이 경험도 작품에 더러 나옵니다. 『흰 꽃』의 '나'는 잡지사에 얼마간 몸담았다고 합니다. 『밝아지기 전에』의 '그녀'와 은희는 잡지사에서 3년 동안 선후배로 같이 일한 인연으로 연결되고 있습니다. 은희가 조금 쉬고 싶어서 잡지사를 그만둔 것은 한강이 소설에 전념하기 위해 잡지사를 그만둔 것과 연결되는 듯하기도 합니다. 『검은 사슴』의 인영은 잡지사의 기자로서 취재하는 인물이지요. 그녀의 직업이 잡지사 기자였기에 작중의 다른 인물들과 연결을 맺을 수 있었고, 이 연결이 이야기를 전개하는 축이 되며, 의선을 찾으러 다니는 과정에서 일어나는 난관을 극복하게 해 주기도 하지요.

그리고 한강은 자기의 경험을 바탕으로 소설을 쓰기도 했습니다. "당시에 제가 실제로 뜸을 뜨고서 그런 화상을 입었던 게 발단이 됐어요."[25]라며 『회복하는 인간』의 '당신'이 앓은 화상이 자기 경험이었다고 합니다.

한강 작가의 모습이 가장 강하게 투영된 작품은 『흰』이 아닐까, 합니다. 『흰』에서 라디오 방송을 녹음하던 중에 "당신이 어릴 때, 슬픔과 가까워지는 어떤 경험을 했느냐."라는 질문을 들었다는 내용이 있는데요. 이것은 한강 작가가 신형철 평론가의 팟캐스트 '문학 이야기'에 출연해서 실제로 받은 질문이라고 합니다. 작가는 "속으로 제가 정말 하고 싶었던 이야기는, 태어나서 2시간을 살다가 떠난 저의 언니인 아기, 저희 어머니가 처음 낳으셨던 아기였거든요."[26]라며 소설에 투영된 자기 경험을 언급하였습니다. 이 소설의 '나'는 폴란드를 방문하는데요. 실제 작가도 폴란드를 방문합니다. "폴란드어 번역가이신 유스트나라는 분이 갑자기 저에게 바르샤바에 와서 한 계절 묵었다 가실 의향이 있으시다면 초대하고 싶다고, 하시더라고요."[27] 이렇게 작가의 경험이 소설의 '나'에 투영되어 있지요.

이 외에도 한강 작가의 특징 혹은 장점을 더 이야기할 수 있을 겁니다. 이제 2장부터는 한강의 소설을 한 편씩 여러분에게 안내합니다. 그럼, '한강을 읽는 시간'을 누려 볼까요?

▲ 『채식주의자』로 2016년 맨부커상(인터내셔널 부문)을 수상한 작가 한강(오른쪽)과 번역가 데보라 스미스(왼쪽). 데보라 스미스는 『채식주의자』 외에도 『희랍어 시간』, 『소년이 온다』, 『흰』 등을 영어로 번역하였다. (사진: 연합뉴스)

02 채식주의자

• 홍미애

- 들어가며
- 세 가지 빛깔로 엮어 내는 하나의 이야기
- 이야기를 전달하는 특별한 방법, 시점
- 욕망이 빚어낸 삶의 모습들
- 욕망의 폭력성, 폭력적인 삶
- 불완전한 삶에 던지는 질문들
- 상징으로 작품 읽기
- 남은 이야기

들어가며

　내게도 영혜와 비슷한 경험이 있다. 10대 후반부터 대략 13년 정도를 채식주의자로 살았다. 고기를 먹을 때면 그것이 살아 있을 때의 모습과 죽을 때의 장면이 자꾸만 떠올랐기 때문이다. 채식을 그만둔 건 입덧을 시작하면서부터이다. 울렁거리던 속이 고기를 먹으면 진정되었다.

　또한 어릴 적 가끔 부모님께 종아리를 맞으며 자랐다. 특히 형제들과 다투는 날이면 여지없이 회초리를 직접 꺾어 와야 했다. 그렇게 오랜 시간이 흘렀는데도 회초리를 만들면서 느꼈던 두려움이 아직도 생생하다.

　이러한 기억을 바탕으로 작품 속 영혜의 감정을 이해하려고 했다. 하지만 같은 시대, 같은 문화적 배경을 공유하고 있으면서도 그녀의 행위는 쉽게 이해되지 않았다. 그래서 소설을 읽는 내내 "왜 그래야만 했지?", "왜 그러면 안 되지?" 같은 질문을 계속해야만 했다. 수많은 질문과 고민 끝에 알 수 없던 인물의 행동들은 조금씩, 그리고 천천히 이해되기 시작했다.

　그래도 여전히 마음 한쪽에 불편함이 남는다. 머리로는 이해되지만, 가슴에서는 밀어내는 느낌이랄까? 그래서 생각했다. '이 불편함의 원인을 찾아보라는 것이 작가의 의도는 아닐까?', '내가 당연하다고 믿고 있던 상식과 가치들이 어쩌면 편견이나 고정 관념은 아니었을까?'라고 말이다. 이 작품은 자꾸 나에게 삶의 의미와 가치가 무엇인지 생각할 것을 요구한다. 『채식주의자』 읽기는 그래서 더욱 쉽지 않다.

　한강의 작품 중에서 『채식주의자』만큼 논란의 중심에 선 경우가 또 있을까? 이 작품은 사회 규범에 매몰된 가부장적 사회 구조를 날카롭게 묘사했다는 극찬을 받으며 국제적으로도 문학성을 인정받았다. 그러나 과도한 성적 표현이 청소년에게 해롭다고 판단한 우리 교육 당국이 이 작품을 청소년 유해 도서로 지정하면서 『채식주의자』는 또 한번 사회적 논란의 대상이 되기도 하였다.

반면 이 작품은 스페인에서 '산 클레멘테 문학상'을 수상하였다. 놀라운 것은 그 문학상의 심사 위원들이 고등학생이라는 점이다. 그들은 소설의 어떤 내용에 공감하고, 논란이 된 내용을 어떻게 이해했을까? 작품의 성적인 표현과 도덕성 문제에 집중해서 학생들에게 이 소설을 읽혀도 되는지를 고민하는 우리와는 사뭇 대조적인 모습이다.

미국의 제롬 데이비드 샐린저(Jerome David Salinger: 1919년~2010년)가 1951년에 발표한 장편 소설 『호밀밭의 파수꾼』도 출간되자마자 불온한 내용으로 논쟁에 휩싸였지만, 지금은 학생들이 꼭 읽어야 할 고전으로 평가받고 있다. 작품은 시대적, 문화적 차이에 따라 재해석되고 새롭게 평가되며 생명력을 얻는다. 『채식주의자』를 둘러싼 논란 역시 작품을 더욱 풍성하게 만드는 자양분이 될 것이다.

그런 의미에서 먼저 『채식주의자』를 직접 읽어 보길 권한다. 그리고 어떤 점에서 문학성이 높다는 평가를 받는지, 불편함을 느끼는 원인은 무엇인지, 작가가 진정 하고 싶은 말은 무엇인지를 생각하다 보면 어느새 어떻게 살아야 할지를 고민하고 있는 자신을 발견하게 될 것이다.

세 가지 빛깔로 엮어 내는 하나의 이야기

『채식주의자』는 세 편의 중편으로 구성된 연작 소설입니다. 연작 소설이란 미적으로 완결성을 갖춘 개별 작품들이 인물, 사건, 배경 등의 구성 요소가 상호 긴밀하게 연관되면서 한 편의 장편 소설로 묶인 것을 뜻하지요. 『채식주의자』는 「채식주의자」, 「몽고반점」, 「나무 불꽃」 세 편의 독립적인 작품들로 구성되어 있습니다.

「채식주의자」

「채식주의자」는 남편의 시점에서 전개된다. '나(남편)'는 아내(영혜)와의 결혼 생활에 편안함을 느낀다. 브래지어 차는 것을 좋아하지 않는 것을 제외하면 아내는 무난한 성격을 지닌 평범한 여자이다. 어느 날 악몽을 꾼 뒤, 아내는 고기를 먹지 않겠다고 선언한다. 그리고 냉장고에 있던 육류는 물론 동물 가죽으로 만든 구두까지 모두 내다 버린다.[1] 그러나 아내는 여전히 제대로 먹지도, 자지도 못하고 하루하루 야위어 간다.

회사 고위 간부들의 부부 동반 식사 자리에 초대받은 '나'는 아내의 태도 때문에 곤란함을 느끼고, 마침내 아내의 채식과 그로 인해 고기를 못 먹는 억울함을 처가 식구들에게 알린다. 처형네 집들이 가족 모임에서 장인은 육식을 거부하는 영혜의 뺨을 때리며 강제로 고기를 먹이려고 하지만 그녀는 칼로 손목을 그으며 완강히 저항한다. '나'는 이런 아내에게 혐오감을 느낀다. 장모는 병실에 누워 있는 아내에게 흑염소 진액을 한약이라고 속이며 먹이려고 하지만 아내는 이마저도 게워 낸다.

다음 날, '나'는 병원의 야외 벤치에서 환자복 상의를 벗어 무릎에 놓은 채 손목의 봉합 부위를 핥고 있는 아내를 발견한다. '나'는 그녀를 타인인 듯 바라보다 '저 여자를 모른다'고 생각하지만, 책임감으로 다가가 그녀의 가슴을 가린다. 아내는 거친 이빨 자국과 붉은 피가 선명한 작은 동박새를 한 손에 쥔 채, 더워서 옷을 벗었을 뿐이라며 왜 그러면 안 되는지를 되묻는다.

「몽고반점」

「몽고반점」은 예술가인 형부의 시점에서 이야기가 전개된다. 비디오 아티스트인 '그(형부)'는 아내(인혜)로부터 처제(영혜)에게 몽고반점이 남아 있다는 말을 듣는다. 몽고반점에서 영감을 얻은 '그'는 자신의 예술적 욕망이 처제를 통해 실현될 수 있음을 직감한다. '그'는 처제에게 작품의 모델이 되어 달라고 부탁을 한 뒤, 대학 동기의 작업실을 빌려 처제의 몸에 꽃을 페인팅하고 곧이어 비디오 촬영에 들어간다. 후배 J를 설득하여 거대한 식물들의 교합 장면을 연출해 보려 하지만, J는 이를 포르노라며 거부한다.

꽃 그림에 흥분한 처제에게 욕망을 느낀 '그'는 옛 여자 친구 P의 도움을 받아 몸에 꽃을 그리고 처제를 찾아간다. 처제를 통해 오랫동안 마음속에서 상상했던 교합 장면을 캠코더에 담아내고는 이내 잠에 빠진다. 다음 날 우연히 동생(영혜)의 집을 찾았다가 캠코더의 영상을 확인한 인혜는 이들을 정신 병원에 보내기 위해 구급대를 부른다. '그'는 뛰어내려 자살할 것을 생각하지만, 꼼짝없이 난간에 서서 타오르는 꽃 같은 처제의 나신을 뚫어지게 응시한다.

「나무 불꽃」

「나무 불꽃」은 언니 인혜의 시선으로 이야기가 전개된다. '그녀(인혜)'는 동생(영혜)과 남편을 정신 병원에 보낸다. 퇴원한 남편은 유치장에 수감되고, 오랜 구명 운동 끝에 풀려나지만 종적을 감춘다. 남편과 헤어지고 홀로 어린 아들과 살던 인혜는 가족에게 버림받은 동생을 돌보기 위해 정기적으로 정신 병원을 찾는다. '그녀'는 불면에 시달리면서 이미 일어난 일들을 막을 수는 없었는지, 자기 삶이 어디서부터 잘못되었는지 곱씹어 본다. 그 결과 자신은 기쁨과 자연스러움이 제거된 시간을 인내와 배려로 견뎌 왔을 뿐, 한번도 세상을 '살아 본 적'이 없이 오래전부터 '죽어 있었다'는 것을 깨닫는다. 그리고 어느 새벽녘 자살을 하러 산에 오르지만 실패하고 돌아온다.

한편 실종 후 숲속에서 발견된 영혜는 모든 음식을 거부하고 나무 되기를 소망한다. 나무가 되기 위해 물과 햇빛만 있으면 된다는 영혜는 거식(拒食)으로 생명이 위태로워진다. 강제로 영양분을 공급하려는 시도에 영혜는 격렬하게 저항하다 결국 피를 토하고 만다. 큰 병원으로 가는 구급차 안에서 인혜는 대답 없는 영혜에게 말을 건넨다. 어쩌면 모든 것이 꿈일지도 모른다고…….

이야기를 전달하는 특별한 방법, 시점

　세 편의 연작 「채식주의자」, 「몽고반점」, 「나무 불꽃」의 중심에는 영혜의 이야기가 있습니다. 영혜는 소설의 주인공이지만 작품 어디에서도 자신의 목소리를 내지 못합니다. 소설은 영혜를 둘러싼 남편, 형부, 그리고 언니의 시점으로 전개되지요. 시점이란 이야기를 전달하는 서술자가 인물이나 사건을 바라보는 관점이나 입장을 뜻합니다. 소설에서 누구의 시점을 선택하느냐는 인물을 바라보는 태도나 견해를 결정짓는 중요한 요소입니다.

　『채식주의자』는 육식을 거부하다 나무가 되기를 소망하는 영혜의 행위가 시점의 변화를 통해 다각적으로 해석되지만, 정작 영혜의 내면적 상처와 고통은 당사자의 말이 아닌 주변 가족의 목소리를 통해 추측될 뿐입니다. 여기에서 왜곡이 발생합니다. 우리가 영혜의 생각과 감정, 내면적 고통을 이해하는 범위는 서술자가 이해한 범위를 넘어서기 어렵기 때문입니다.

　영혜가 자해하던 장면을 예로 들어 볼까요? 영혜는 남편, 형부, 언니에게는 같은 관찰의 대상이지만, 영혜의 행동에 대한 평가와 해석은 개별 서술자가 처한 상황이나 욕구에 따라 다릅니다. 남편은 영혜의 행위를 이해할 수 없을 뿐만 아니라 혐오스럽게 생각합니다. 반면 형부는 목숨마저 내던질 만큼 절박했던 심정이 표출된 것으로 이해하지요. 하지만 언니 인혜의 눈에는 그저 첫 번째 발광으로 보입니다. 이처럼 영혜의 행위는 서술자의 시점에 따라 주관적 관점으로 해석됩니다.

또한 남편, 형부, 언니 모두는 서술자로서 영혜라는 인물을 독자에게 전달하는 데 한계가 있습니다. 그들은 모두 가족 구성원이지만 영혜의 성장 과정이나 내적 고민은 잘 모르기 때문이지요. 아내에게 관심 없는 이기적인 남편, 처제 몸의 몽고반점을 통한 예술적 성취에만 사로잡힌 형부, 그리고 동생에 의한 피해자이자 그녀에 대한 가해자로서 복잡한 감정을 느끼는 언니, 그들이 전달하는 영혜의 모습은 피상적 수준에 그칠 가능성이 큽니다.

서술자의 독특한 전달 방식 때문에 영혜의 모습은 유독 신비롭고 난해한 인물로 비칩니다. 그러므로 우리는 개별 서술자가 해석해서 전달한 정보에서 서술자의 편견을 걷어 내고 영혜의 상처와 감정을 이해해야 합니다. 이 점이 작품 해석의 중요한 열쇠가 됩니다.

욕망이 빚어낸 삶의 모습들

남편, 평범하게 살고 싶은 욕망

남편은 과분한 것을 바라지 않는 현실적인 사람입니다. 어린 시절에는 조무래기들의 골목대장 노릇을 했고, 자라서는 장학금을 받을 수 있는 대학에 지원했으며, 자기의 능력을 귀하게 여겨 주는 회사에 다니는 것에 만족해하지요. 그는 특별한 매력은 없지만 특별한 단점도 없는 영혜에게 편안함을 느낍니다. 왜냐하면 그녀 앞에서는 자신을 잘 보이기 위해 '척'할 필요도 없고, 위축될 까닭도 없으며, 자신의 콤플렉스마저 신경 쓰이지 않기 때문입니다. 그는 아내가 솜씨를 발휘해서 만든 음식을 먹고, 아내의 뒷바라지를 받으며 출근하고, 아빠 소리를 들으며 평범한 일상을 살고 싶은 욕망이 있습니다.

그러나 평범하게 살고 싶은 남편의 욕망은 아내의 채식 선언으로 좌절되지요. 그가 생각하기에 아내의 채식은 명분 없고, 이기적이며, 비이성적인 행위로만 보입니다. 그는 아내가 느끼는 고통보다 자신이 고기를 먹지 못하는 불편함이 더욱 절실합니다. 또한 그는 아내가 채식 때문이 아니라 꿈 때문에 여위는 것을 잘 알고 있지만 그것이 어떤 꿈인지 한 번도 묻지 않습니다. 그에게 아내의 꿈은 알 수 없는 것, 알고 싶지 않은 대상일 뿐입니다.

그는 아버지의 폭력에 저항하다 자살을 시도한 아내에게 심리적 거리를 둡니다. 혐오스럽고, 이상하고, 무서운 여자로 느껴졌기 때문이지요. 이상 증세를 보이는 아내에게 어쩔 수 없는 책임감으로 다가가지만, 아내를 타인이나 구경꾼처럼 지켜볼 뿐 이해나 공감을 위한 어떠한 시도도 하지 않습니다. 그리고 아내가 정신 병동에서 퇴원하자 망설임 없이 이혼합니다.

남편은 사랑이 없는 결혼 생활에서 단지 아내를 자신의 욕망을 실현하는 수단으로 여깁니다. 그는 밥을 차려 주고 청소를 해 주는 파출부 같은 이상한 아내와 남인 듯 살아도 나쁠 것 없겠다고 생각하지만, 그는 이미 아내와 소통도 공감도 하지 않는 그런 삶을 살고 있었습니다. 남편에게 평범함은 편안함이나 편리함의 다른 표현입니다.

형부, 경계를 넘어선 욕망

사실적 다큐멘터리로 현실을 비판해 온 형부는 목숨까지 내버리려 했던 처제의 강렬한 저항 의지를 보고는 그동안 자신이 추구했던 작품 세계에 환멸을 느끼고 새로운 전환을 모색하게 됩니다. 처제의 엉덩이에 몽고반점이 남아 있다는 아내의 말을 들은 그는 벌거벗은 남녀가 온몸을 꽃들로 보디 페인팅을 하고 교합하는 이미지를 떠올립니다. 그는 푸르고 작은 꽃잎의 이미지를 연상시키는 몽고반점을 통해 본질적이고 원초적인 생명력을 표현하고 싶어 하죠. 그러나 포르노그래피 같은 자신의 욕망에서 지금까지 쌓아 온 모든 것을 잃을지 모른다는 공포를 느낍니다.

몽고반점에서 촉발된 처제에 대한 그의 욕망은 이중적인 모습을 보입니다. 그는 모든 욕망이 배제된, 한 점의 군더더기도 없는 처제의 젊은 육체에서 덧없는 아름다움을 느끼지만, 동시에 처제를 등에 업었을 때의 몸을, 감촉을, 몽고반점을 상상하는 순간 처제에 대한 성욕을 느낍니다. 이처럼 예술적 욕망과 성적 욕망의 아슬아슬한 경계에서 처제의 몸에 꽃을 페인팅하다 지금껏 한번도 경험해 보지 못한 감동을 느끼며, '몽고반점 1-밤의 꽃과 낮의 꽃'을 비디오로 담아냅니다.

그러나 정작 그가 표현하고 싶은 '몽고반점 2'는 다소 적나라한 장면으로 예술과 외설의 경계에 닿아 있습니다. 영상 작업에 참여했던 후배 J는 그의 요구를 포르노라며 거부하죠. 그러나 몽고반점을 향한 욕망에 불타오른 그는 온몸에 꽃을 그리고 처제를 찾아가 그가 상상해 오던 이미지를 캠코더에 담아내고 맙니다.

형부의 욕망은 태양에 다가가려는 욕심 때문에 결국 바다에 추락하여 익사하는 이카루스를 닮아 있습니다. 그는 사회의 도덕적 경계를 넘어선 욕망을 추구한 대가로 마침내 모든 것을 잃게 되지요. 예술이라는 이름으로 행해진 그의 무책임과 이기심은 주변 사람들에게 감당하기 어려운 고통과 결코 지우지 못할 상처를 남기게 됩니다.

인혜, 책임감으로 참고 견뎌 온 삶

인혜는 열아홉 살에 집을 떠난 후 누구의 도움도 받지 않고 화장품 가게를 운영하여 자수성가한 인물입니다. 그녀는 딸로서, 아내로서, 엄마로서 늘 최선을 다했지요. 어린 시절에는 아버지의 술국을 끓이며 성실한 맏딸의 역할을 다했고, 결혼 후에는 예술가인 남편을 대신해 가계를 책임졌으며, 치유할 수 없는 상처를 남긴 동생을 책임감으로 돌보는 등 성실과 인내로 주어진 역할에 충실하게 살아갑니다. 기존의 사회 제도나 가치관을 수용하며 살아온 인혜는 경제적으로도 성공하여 남편과 아버지로부터 인정을 받기도 하지만, 정작 그녀는 자신의 기쁨이나 행복을 위해 살기보다는 언제나 다른 사람을 위한 삶을 살았습니다.

그러던 어느 날, 인혜는 남편과 함께한 삶이 기쁨과 자연스러움이 제거된, 인내와 배려만으로 가득한 시간이었음을 깨닫습니다. 그리고 자신은 어린 시절부터 한번도 이 세상을 '살아 본 적' 없이 다만 견뎌 왔을 뿐이라고 느끼지요. 그러다 자기의 고단한 삶이 무의미하고 견딜 수 없다고 느낀 순간 자살을 시도하지만 어린 아들을 떠올리고 산을 내려와 지난날의 삶을 되짚어 봅니다.

남편이 만든 비디오를 본 이후 고통과 불면의 밤을 보내던 인혜는,

어린 시절 맏딸의 성실한 모습은 아버지의 폭력에서 벗어나기 위한 비겁한 생존 방식이었음을, 남편과의 결혼은 좋은 집안의 남자를 통해 자신의 사회적 지위를 높이고 싶었던 욕망이었음을 깨닫습니다. 그러면서 아들에 대한 책임감만 아니라면 자신도 동생처럼 무너졌을지 모른다고 생각합니다.

한편 인혜는 진창의 삶을 남겨 놓고 경계를 넘어간 동생의 정신과 무책임을 용서할 수 없는 마음, 영혜를 가까이 둘 수 없을 만큼 미워하는 마음, 그러면서도 정작 영혜를 정신 병원에 가두었다는 죄책감으로 괴로워하지요. 영혜에 대한 복잡한 감정 속에서 인혜는 어린 아들을 두고서 목숨을 버리려 했던 자기의 행동 역시 동생과 마찬가지로 무책임한 것임을 자각합니다.

그러자 덩굴처럼 알몸으로 얽혀 있던 두 사람의 충격적인 영상이 사람에서 벗어나려는 몸부림으로 인식됩니다. 인혜는 나무가 되겠다며 음식을 거부하고 점차 죽어 가는 영혜의 모습을 지켜보며, 영혜의 고통에 한발씩 다가갑니다.

영혜, 동물적 본능을 제거하고 싶은 욕망

영혜는 어린 시절부터 아버지의 폭력을 온몸으로 견뎌 내고, 어머니의 돌봄마저 제대로 받지 못하고 성장합니다. 그래서 생각이나 감정 표현에 서툴고 타인과의 소통을 어려워하며, 누구에게도 공감받지 못하는 소외를 경험하지요. 산에서 길을 잃고 집에 가지 말자던 아홉 살 영혜의 말을 언니는 이해하지 못해요. 꿈 때문에 고기를 먹지 못한다는 영혜의 이야기를 남편은 이해할 수도 없고 이해하고 싶어 하지도 않습니다. 영혜는 음식 먹기를 강요하는 정신 병원에서 나가게 해 달라고 부탁하지만 이를 들어주지 않는 언니에게 아무도 자기를 이해 못하고, 이해하려고 하지도 않는다고 말합니다.

정신 병원에 갇혀 지독한 외로움을 겪는 영혜가 유일하게 소통할 수 있는 대상은 자연이었을 것입니다. 영혜는 나무들을 형제와도 같은 존재로 인식하지요. 누구에게도 자신의 이야기를 하지 못하고 혼자만의 세계에 스스로 갇힌 영혜가 간절하게 욕망한 것, 그것은 바로 이해와 소통을 통한 공감입니다.

한편 영혜가 채식을 시작한 이유는 분명하지 않지만, 연속적인 꿈 이야기로 추측해 볼 수 있습니다. 영혜는 꿈을 통해 육식에 내포된 폭력성을 확인하고 의식적으로 육식을 거부하지요. 그리고 아무것도 죽이지 않는 삶을 열망합니다. 하지만 그녀의 내면에 잠재된 폭력성을 확인하면서 날로 불안해합니다.

영혜는 형부가 그린 꽃의 강렬한 이미지에 매혹되어 마치 자신이 식물이 된 것처럼 상상합니다. 몸에 그린 꽃은 무의식의 밑바탕에 있던 육식의 폭력성을 제거하고 식물과 같은 순수한 삶으로 돌아가고 싶은 영혜의 욕망입니다. 실제로 영혜는 꽃을 보디 페인팅한 후 악몽을 꾸지 않고 심리적으로 안정됩니다. 영혜는 꽃을 그리는 붓끝의 감촉에서 몸의 감각들이 예민하게 되살아나는 것을 느낍니다. 그리고 꽃의 아름다움과 물감 냄새에 취해 그녀의 성적 욕망도 함께 고조되지요. 비록 꽃의 생식 활동을 탐하는 비현실적 욕망이지만 영혜는 남편과의 관계에서와는 달리 성적 주체성을 가진 인물로 변모합니다.

꽃 그림을 통해 자신의 식물성을 확인한 영혜는 스스로 음식을 거부하고 나무가 되기를 바랍니다. 나무는 물과 햇빛만 있으면 광합성을 통해 스스로 살아갈 수 있습니다. 먹는 행위에 동반된 폭력성마저 제거하고 싶은 영혜의 욕망은 숲속에서 비를 맞은 후, 자신을 나무와 동일시하며 마침내 말과 생각까지 버립니다. 인간의 근본적인 삶의 조건에서 벗어나려는 영혜의 욕망은 필연적으로 자기 파괴, 곧 죽음으로 귀결됩니다. 영혜의 나무 되기는 좌절과 도피이기보다는 자신의 목숨조차 마음대로 할 수 없는 절망적 상황에서 빼앗긴 삶의 통제권을 스스로 회복하려는 몸부림인 셈이지요.

욕망의 폭력성, 폭력적인 삶

욕망에는 어떤 폭력성이 있을까요?

인간은 식욕, 성욕과 같은 본능적 욕망을 지니고 있습니다. 본능적 욕망은 때로는 아름다운 모습으로, 때로는 폭력적인 모습으로 나타납니다. 이러한 양면성 때문에 우리의 삶은 의식적·무의식적으로 행해지는 본능적 욕망의 폭력 앞에 무방비한 상태로 놓이기도 하지요.

음식에는 단지 먹는다는 행위 말고도 많은 의미가 담겨 있어요. 음식은 그것을 먹는 사람의 정체성을 드러내기도 합니다. 그러므로 고기를 먹지 않겠다는 영혜의 선언은 자신의 정체성을 밝히는 선언이기도 합니다. 이런 점에서 영혜에게 강제로 고기를 먹이려는 가족들의 행동은 물리적 폭력 이상의 의미를 내포하고 있습니다.

고기를 안 먹으면 오히려 세상 사람들이 널 잡아먹을 거라는 어머니의 말에서 육식과 채식에는 지배 대 피지배, 정상 대 비정상의 위계가 내포되어 있음을 알 수 있습니다. 세상 사람들은 육식은 본능이며 신체적, 정신적으로 원만하다는 증거라고 말합니다. 반대로 채식은 본능을 거스르는 것, 부자연스러운 것이라고 합니다. 그러면서 영혜를 '채식주의자'로 규정하지요. 채식주의자라는 말에는 나와의 '다름'을 인정하지 않는다는 점에서 차별적 의미가 포함되어 있어요.

가족들이 영혜에게 고기를 먹이려고 하는 이유는 영혜의 육식 거부를 비정상으로 간주하고 정상적인 사회적 규범과 질서로 복귀시키기 위한 것입니다. 영혜는 이러한 시도에 극단적인 방법으로 저항합니다. 영혜의 채식 선언은 육식으로 상징되는 권력, 폭력성, 그리고 지배적 가치관에 대한 거부이자 모든 억압에서 벗어나겠다는 영혜의 의지입니다.

또한 인간은 생명을 유지하기 위해 다른 생명을 섭취해야만 살아갈 수 있습니다. 따라서 먹는다는 것은 나의 생명을 유지하고 연장하는 것만큼이나 다른 생명의 죽음과도 관련이 있지요. 다른 생명을 죽이는 과정은 죄의식을 동반하지만, 현대의 공장식 도축 시스템은 살생의 폭력을 보이지 않게 구조화해 놓아서 소비자는 별다른 죄의식을 느끼지 않고도 마트에 진열된 생명들을 식품으로 고를 수 있습니다. 이에 따라 육식의 폭력성에 대한 우리의 감각도 점차 무뎌지게 되죠.

영혜는 육식으로 상징되는 폭력을 거부하기 위해 채식을 선택하지만, 채식 역시 양분을 얻기 위해 다른 생명을 파괴한다는 점에서 육식과 다르지 않음을 깨닫게 됩니다. 즉, 인간의 생존은 존재하는 것만으로 이미 폭력적인 것이지요. 영혜가 생명을 해하지 않고 양분을 얻을 수 있는 유일한 방법은 식물이 되는 것뿐입니다. 영혜는 스스로 나무가 되기를 택함으로써 인간 존재의 근원적 폭력성을 제거하고자 합니다.

인간의 본능 중 하나인 성적 욕구는 아름다움과 폭력성을 동시에 지니고 있습니다. 그것은 생명 탄생을 위한 필수적 행위라는 점에서 아름다움과 숭고함을 지니지만, 상호 동의하지 않거나 도덕적 규범을 넘어서는 부적절한 관계는 자기 파괴를 넘어 타인의 고통을 수반하는 폭력이 됩니다.

형부는 무기력한 영혜의 육체를 예술을 위한 명분으로 탐하고, 성적 욕망을 채우는 수단으로 이용했습니다. 그에게 중요한 것은 예술적 영감의 실현일 뿐 그 행위가 빚어낸 엄청난 결과에 대해서는 책임을 지지 않고 도망을 치지요. 그의 무책임한 태도는 인혜를 비롯한 주변 사람들에게 회복하기 어려운 상처를 남깁니다.

성적 욕구에 의한 폭력성은 인혜나 영혜의 부부 관계에서도 나타납니다. 이것은 결혼이라는 제도 안에서 이루어진다는 점에서 잘 드러나지는 않지만, 한쪽의 일방적 요구와 강제에 의한 부부 관계는 그 자체로 폭력입니다. 남편과 형부의 일방통행식 성적 욕구는 아내에게 치욕스러움으로 기억될 만큼 폭력적인 행위입니다.

익숙해진 것은 폭력이 아닌가요?

기존의 남성 중심의 가부장적 가족 제도 속에서 부모의 폭력은 자녀를 교육한다는 명분으로 인정되었습니다. 어린 시절부터 일상적으로 손찌검을 하고, 결혼한 딸의 뺨을 때리며 자기의 명령을 따르라는 아버지의 강요는 힘을 가진 자의 지배 방식입니다. 먹는 시늉이라도 해서 아버지의 권위에 복종하라는 남동생, 고기를 거부하다 자해한 딸을 위해 흑염소를 먹이려는 어머니, 아내의 채식으로 인한 피해를 처가 식구들에게 알리는 남편은 사회의 지배적 가치를 거부감 없이 수용한 사람들이지요. 가족에 대한 악의 없는 사랑에서 시작된 무의식적 폭력은 영혜에게 더 큰 상처를 남기지만 우리는 이러한 폭력에 대체로 무감각합니다.

인간 사회에서 가족만큼 친밀하고 서로를 잘 알고 있는 관계는 드물 거예요. 그런데 가족들 누구도 영혜가 고기를 먹지 않으려는 이유를 묻지 않습니다. 가족들은 영혜에 대해 잘 알지 못하고, 영혜를 이해하거나 그녀의 고통에 공감하려는 노력을 보이지 않습니다. 어쩌면 서로를 안다고 생각하는 것은 한갓 그 사람의 그림자를 아는 것에 불과할지도 모르겠습니다. 특히 악몽에 시달리는 영혜는 누구보다 남편의 공감과 정서적 지지가 필요했을 것입니다. 그러나 아내의 고통에 관심이 없는 남편의 태도는 영혜를 정서적으로 소외시키고 말죠. 무관심은 눈에 보이지 않지만, 사람을 지치고 병들게 만드는 폭력입니다.

『채식주의자』는 폭력적 행위가 얼마나 다양한 방식으로 우리 일상에서 이루어지고 있는지를 총체적으로 보여 줍니다. 사회 제도 속에서 구조화된 일상적 폭력은 그것을 폭력으로 인식하지도 못할 만큼 우리 삶에 스며 있죠. 이렇게 제도화된 폭력은 사람들의 의식 속에 내면화되어 쉽게 알아차리기 어렵다는 점에서 문제가 됩니다.

불완전한 삶에 던지는 질문들

껴안을 수 없는 상처를 직면할 수 있을까요?

『채식주의자』의 인물들은 모두 자신의 본능과 욕망에 따라 각자의 방식으로 살아갑니다. 인물들은 욕망을 실현하는 과정에서 자기도 의식하지 못하는 사이에 폭력의 가해자가 되기도, 때로는 피해자가 되기도 합니다. 본능과 욕망에 의한 폭력은 개인의 삶과 인간관계를 파괴하며 서로에게 회복할 수 없는 상처와 고통을 남기기도 합니다.

가부장적 사회 제도에 체화된 남편은 평범함을 욕망하며, 쓸모를 다한 아내를 폐기 처분하듯 버리지요. 영혜는 신체와 정신의 동물성을 제거하기 위해 나무 되기를 소망하지만 자기 파괴를 넘어 언니에게 치명적인 상처와 고통을 남깁니다. 또한 형부는 예술적 실현을 욕망하다 아내와 영혜에게 돌이킬 수 없는 고통을 주고 무책임하게 사라집니다. 인혜는 배려하고 인내하는 삶을 통해 행복한 가정을 소망하지만, 남편과 동생의 무책임한 행동의 직접적 피해자가 되지요. 그러나 남편을 포기하며 외롭게 한 책임, 동생을 세상의 기준대로 판단하며 정신 병원에 가둔 책임에서 벗어날 수 없습니다.

"『채식주의자』는 '우리가 이토록 폭력과 아름다움이 뒤섞인 세계를 견딜 수 있는가? 껴안을 수 있는가?'라는 질문으로 끝나는 소설"[2]이라고 한강 작가는 말합니다. "폭력과 아름다움이 뒤섞인 세계를 견딜 수 있는가?"라는 작가의 질문은 인간 본능과 욕망에서 기인한 폭력이 현실에서 얼마나 큰 고통을 주는지를 말하는 것입니다. 그렇다면 우리는 알게 모르게 행해지는 본능과 욕망에 의한 폭력을 어떻게 껴안을 수 있을까요?

"껴안을 수 있는가?"의 목적어는 폭력으로 상처받은 우리 자신입니다. 또는 폭력의 가해자이거나 가해자가 받았을 상처입니다. 나의 고통에 더하여 폭력을 가한 사람의 상처까지 껴안는다는 것은 불가능에 가까울 만큼 힘든 일이기에 사람들 대부분은 이를 외면하고 도망을 칩니다. 그러나 껴안을 수 없을 것 같은 삶의 고통과 상처를 외면하지 않고 직면할 때, 비로소 껴안을 수 없는 것을 보듬을 수 있는 용기를 얻게 됩니다.

산다는 것의 의미는 무엇일까요?

『채식주의자』에서 남은 자의 상처까지 껴안아야 하는 사람은 인혜입니다. 사람들은 아무리 끔찍한 일을 겪은 뒤라도, 무심하게 흐르는 시간 속에서 끊임없이 욕망하고, 상처를 주고받고, 더 이상 시간이 남아 있지 않을 때까지 또다시 살아가겠지요. 산다는 것은 누군가 곁에서 무너지고 죽어 가더라도 여전히 밥을 먹고, 용변을 보고, 심지어 소리 내어 웃기까지 하는 이상한 것이라고 인혜는 생각합니다.

인혜의 삶은 무거운 바위를 정상까지 밀어 올렸다가 다시 산 아래로 굴려야 하는 시시포스를 떠올리게 합니다. 인혜는 좌절과 절망 속에서도 다시금 살아 보기를 시도하며 평범한 일상을 회복하고자 노력합니다. 일상의 회복은 결코 완성되는 것이 아니라 불완전하지만 포기하지 않고 끝없이 시도하는 그 자체에 의미가 있습니다. 그것이 삶이지요.

삶은 무의미한 행위의 반복이 아니라 현재의 시간에 최선을 다하는 것입니다. 인혜는 지울 수 없는 과거의 상처와 영혜가 떠난 뒤 미래의 고통까지를 보듬으려 '지금 여기'에서 최선을 다합니다. 인혜는 음식을 거부하고 나무가 되겠다는 영혜를 설득할 수 있는 마지막 30분을 얻습니다. 속절없는 절망 속에서도 시간은 멈추지 않고 흘러갑니다.

인혜는 통제되지 않는 감각을 활용하여 영혜의 의식을 소환하려 합니다. 후각, 미각, 시각, 촉각, 청각의 회복은 곧 삶의 의지를 되살릴 수 있을 것이라고 믿기 때문입니다. 첫 번째로 영혜가 좋아했던 황도 복숭아 통조림과 수박 냄새를 맡게 합니다. 두 번째로 모과차의 달큼한 맛과 향기를 영혜의 입술에 적십니다. 그리고 영혜의 얼굴을 봅니다. 동생의 손에 매끄러운 자두 껍질을 어루만지게 합니다. 마침내 인혜는 소리 내어 말합니다. 넌 죽어 가고 있다고. 이처럼 산다는 것은 몸의 감각을 통해 느끼고 인식하는 것입니다. 그러나 영혜는 욕망의 근원인 감각을 지우기 위해 몸을 버리려고 합니다.

인혜는 영혜를 통해 치유가 불가능해 보이는 상처를 마주하며 자신이 누구인가에 대한 질문을 처음부터 다시 시작합니다. 이것은 그녀가 이전과는 다른 방식으로 살기 위해 거쳐야 할 불가피한 과정이지요. 어쩌면 삶이란 넘어진 자리에서 다시 일어서는 연습인지도 모릅니다. 다양한 형태의 폭력에 쉽게 무너지는 연약한 인간이 상처 입은 자신과 타인의 부조리한 욕망을 보듬고 새롭게 일어서는 자리, 바로 그 자리에서 타인에 대한 진정한 이해와 공감이 시작되는 것입니다.

어떻게 살아야 할까요?

　영혜의 '나무 되기'는 인간의 존재 자체를 부정하는 행위이지만 역설적으로 삶의 본질에 대한 근본적 질문이기도 합니다. 이것은 신체와 정신의 통제권을 되찾아 삶의 주체로 살아가는 것이 어떤 것인지를 성찰하게 합니다. 또한 우리에게 육식과 먹는 행위 자체가 갖는 폭력성과 잔혹함을 인식하도록 요청하지요. 이에 대한 최소한 문제의식도 갖지 못한다면 우리도 생명을 파괴하는 일에 무감각하거나 무관심한 태도를 보일지도 모르니까요.

　영혜는 자기의 내장이 퇴화하여 더 이상 동물이 아니라고 믿습니다. 나무들은 모두 형제들이며, 똑바로 서 있는 것이 아니라 두 팔로 땅을 받치고 있는 것이라며 놀라워하죠. 물구나무서기는 영혜의 삶에 대한 새로운 가능성 모색입니다. 영혜는 나무들처럼 서로 소통하고 어떠한 생명도 해치지 않는 세상을 열망합니다. 비록 미친 소리라며 아무도 귀 기울이지 않지만 가부장적 사회의 지배 문화가 상징하는 폭력성과 잔인함이 배제된 삶의 방식이야말로 지구를 떠받치는 방법일 수도 있습니다.

　작가는 어쩌면 우리가 꿈을 꾸고 있는지도 모른다고 말합니다. 그렇다면 지금 우리가 사는 폭력이 일상화된 세상은 꿈속이 됩니다. 지금은 육식으로 상징되는 지배적 가치가 평범한 것이고 정상인 것이지만, 꿈을 깨고 나면 영혜가 꿈꾸던 세상처럼 우리는 다른 방식의 삶을 살게 될지도 모를 일이니까요.

　『채식주의자』는 당연하다고 믿었던 현실에 질문을 던져서 절대적이라고 믿었던 세계를 의심하게 합니다. 또한 욕망을 어떻게 다룰 것인가에 대한 윤리적 고민을 제기합니다. 즉, 본능적 욕망의 추구는 누군가에게 폭력으로 이어질 수 있으므로 욕망을 다루는 방식에는 윤리와 책임이 따르는 것이라고 이야기하죠.

상징으로 작품 읽기

『채식주의자』에는 상징적 표현이 자주 등장합니다. 문학에서 상징은 그 의미가 고정되어 있지 않습니다. 대표적인 몇 가지만 살펴보겠습니다.

'채식주의자'는 육식으로 상징되는 모든 폭력성, 공격성, 권력, 남성 중심의 지배 체제에 대한 저항을 상징합니다. '몽고반점'은 영혜가 지향하는 식물성의 이미지, 즉 순수성을 의미하지만, 개인에게 잠재된 치명적인 욕망이나 이를 실현하고 싶은 충동을 나타냅니다. '나무 불꽃'은 강인한 생명력의 상징적 표현입니다. 불꽃은 모든 것을 태운다는 의미에서 파괴를 상징하지만, 잿더미 위에서 새로운 삶이 시작된다는 점에서 희망을 의미하지요. 마치 인혜가 절망을 딛고 새롭게 삶을 시작해야 하는 것처럼 말입니다.

이와 관련하여 '칼', '붓', '비'는 영혜의 삶을 설명하는 중요한 상징입니다. '칼'은 육식의 폭력성을, 꽃을 그린 '붓'은 영혜의 욕망을 끌어내는 수단으로서 의미를 지닙니다. 또한 '비'는 재탄생 또는 새로운 정체성의 획득을 의미합니다. 세상에 적응하지 못하고 삶의 통제권을 빼앗긴 영혜에게 비는 새로운 가능성을 부여한다는 점에서 그렇습니다.

'동박새의 죽음'은 영혜 손목에 난 상처와 동일시되면서 폭력의 피해자인 영혜가 육식 세계와 결별하는 것을 의미합니다. 그러나 영혜가 동박새를 죽인 가해자일 수도 있다는 점을 고려하면 대상을 통제하고 싶고, 생명을 빼앗고 싶은 욕망이 누구에게나 본능처럼 내재하고 있다는 것을, 그리고 인간 내면에 잠재된 폭력성을 벗어나는 일이 결코 쉽지 않다는 것을 상징적으로 보여 주는 것으로 해석할 수 있습니다.

이 밖에 '새'는 작품 곳곳에 등장합니다. 형부의 작품에 등장하는 '새'는 자유에 대한 형부의 열망을 의미하지만, 인혜의 아들 지우 꿈에 나타난 '흰 새'와 구급차에서 인혜가 본 '검은 새'는 모두 죽음을 상징합니다. 여기서 '흰색'은 인혜의 삶을, '검은색'은 영혜의 죽음을 의미하지요.

인혜는 욕실의 거울을 우두커니 바라보는 꿈을 꿉니다. 거울 안에는 왼쪽 눈에서 피를 흘리고 있는 영혜가 있습니다. '거울'은 인혜의 고통스러운 내면을 보여 주는 매개물입니다. 인혜의 심리적 갈등은 날씨로도 나타납니다. 날씨는 인물의 성격과 사건을 짐작하고 추론할 수 있게 하지요. 폭우가 내리는 회색빛 풍경은 인혜의 우울하고 무거운 마음을 보여 줍니다. 작품의 끝부분에서 인혜가 심리적 갈등에서 벗어났을 때, 거울 속 인혜의 눈에서는 더 이상 피가 흐르지 않습니다. 날씨 역시 먹장구름 사이로 쏘는 듯한 여름 햇살이 드러나지요.

상징은 명확하고 확실한 정답이 없다는 모호성 때문에 다양한 해석을 가능하게 합니다. 위에 제시한 단어들의 상징적 의미 역시 독자에 따라 해석의 차이가 발생할 수 있습니다. 여러분은 어떻게 읽으셨나요? 서로 다른 해석이 충돌하고 의미가 모순되는 지점에서 『채식주의자』의 의미는 더욱 풍성해지고 다채로워질 것입니다.

남은 이야기

    2007년부터 2022년까지 사용된 『채식주의자』의 표지 그림은 에곤 실레(Egon Schiele: 1890년~1918년)가 그린 「네 그루의 나무들」입니다. 이 표지 그림은 한강 작가가 직접 골랐다고 합니다. 이 그림을 선택한 이유가 궁금했습니다.

    그림의 전반적인 분위기는 음울합니다. 해가 서산에 걸려 있는 것을 보니 해 질 녘의 가을 풍경 같습니다. 산과 하늘은 저녁놀로 붉게 물들고 땅에는 제법 어둠이 내려앉았습니다. 잔잔한 파도가 넘실거리듯 가로의 선들이 선명한 하늘입니다. 이에 비해 땅의 능선은 마치 굴곡 많은 인생인 듯 큰 곡선으로 그려져 있습니다.

    여기에 네 그루의 나무가 일정한 간격으로 서 있습니다. 두 번째 나무에 유독 눈길이 갑니다. 다른 나무에 비해 헐벗은 모습이라 안쓰럽게 느껴지네요. 몇 개 남지 않은 나뭇잎들도 하나둘 나무와 작별을 준비하고 있는 듯합니다. 그래서 더 고독하고 우울해 보입니다. 「네 그루의 나무들」은 전체적으로 시간이 멈춘 듯 쓸쓸하고 생명력이 느껴지지 않습니다. 이러한 느낌은 소설의 분위기를 그대로 암시하는 듯합니다.

    미술사학자 양정무는 "작중 영혜는 채식을 하며 점차 나무처럼 육체와 영혼이 말라 간 끝에 나무 그 자체가 되려고 하는데, 「네 그루의 나무들」은 그 모습을 연상하게 하는 등 한강 소설과 실레의 그림은 인간의 근원적인 고독을 공유한다는 점에서 공통점이 있다."[3]고 설명합니다. 이처럼 책의 표지는 작품의 내용과 묘한 관련성을 가지며 우리를 소설의 세계로 안내하는 역할을 하지요. 표지 하나에도 의미를 부여하고 있다는 것을 『채식주의자』를 통해 새삼 깨닫게 됩니다. 새로 나온 『채식주의자』는 어떤 표지로 디자인되었는지 살펴보고 거기에 어떤 의미를 담으려고 했는지도 한번 생각해 보면 좋겠습니다.

최근 한강의 소설 『채식주의자』를 연극으로 재해석한 작품이 전석 매진을 기록하며 이탈리아와 프랑스 등에서 공연되었습니다. 이탈리아에서 공연된 연극은 2025년 부산 국제 연극제 폐막작으로도 선정되었지요. 한국 문학의 세계적 위상과 영향력을 실감할 수 있는 소식입니다.

▲ 에곤 실레, 「네 그루의 나무들」

ἐπὶ χιόνι ἀνὴρ κατήριπε.
χιὼν ἐπὶ τῇ δειρῇ.
ῥύπος ἐπὶ τῷ βλέφαρῳ.
οὐ ἔστι ὁρᾶν.

한 사람이 눈 속에 엎드려 있다.
목구멍에 눈뽈.
눈두덩에는 흙.
아무것도 보이지 않는다.

αὐτῷ ἀνὴρ ἐπέστη.
οὐ ἔστι ἀκούειν.

한 사람이 그 앞에 멈춰 서 있다.
아무것도 들리지 않는다.

— 한강, 「희랍어 시간」(문학동네, 2024년)의 127쪽에서

03 희랍어 시간

민태홍

- 들어가며
- 나와 너, 그리고 우리의 이야기
- 세상이 환(幻)이고, 산다는 것이 꿈이라는 화두
- 침묵에 귀 기울이기
- 꿈은 무의식의 우물로 들어가는 열쇠
- 체온으로 전하는 따뜻한 소통
- 남은 이야기

들어가며

　마지막 장을 덮었다. 그제야 책에서 눈을 들어 자세를 바로 했다. 그리고 숨비소리를 떠올렸다.
　한껏 숨을 참고 바다 깊은 곳까지 내려갔던 해녀들이 물 위로 나와 내뱉는 첫 숨, 숨비소리.
　오랜 침묵의 고통에서 벗어나 다시 발음하는 첫음절.
　여자가 오랜 침묵 끝에 마침내 첫음절을 발음하는 장면이 해녀의 숨비소리를 닮았다고 생각했다.
　살면서 눈앞이 캄캄해지고 말이 안 나오는 경우가 있다. 억장이 무너지고 기가 막힐 때가 그렇다. 『희랍어 시간』은 시력을 잃어 가는 남자와 말을 잃은 여자의, 억장이 무너진 내면을 보여 준다. 조금씩 사라져 가는 시력에 남자는 깊이 절망하였고, 누구보다 언어 감각이 뛰어난 여자의 실어 또한 그 절망의 깊이를 더했다. 그렇게 남자의 어둠과 여자의 침묵은 맞닿아 있다. 『희랍어 시간』은 이 절망의 심연에서 길어 올린 삶의 이야기다.
　실명이라는 운명과 마주한 남자와 실어로 말을 할 수 없는 여자 가운데 어느 쪽이 더 '말'이 절실했을까?
　말은 소통의 수단이자 생각의 그릇이라고 한다. 생각을 전하기 위해서는 말이 필요하다. 앞이 보이지 않는 현실에서 거의 유일한 소통 수단이 말일 수밖에 없는 남자에게는 말이 절실하다. 그는 실명이 두려워 말에 집착한 바람에 사랑하는 이에게 상처를 입힌 적이 있다.

갑자기 찾아온 실어증으로 말을 할 수 없게 된 여자에게도 말이 절실하기는 마찬가지다. 여자는 자기만의 말을 찾다가 결국 말에 대한 두려움에 빠졌다. 말을 할 수 없게 되자 죽음과 같은 고독이 밀려왔다. 그녀의 삶은 심연의 어둠이나 다름없다.

두 사람은 희랍어를 매개로 서로를 발견한다. 이어 결핍과 상실이라는 두 사람의 연한 부분을 확인한다. 손바닥에 쓴 글씨로 서로의 체온을 느끼면서 남자는 말에 대한 집착을 내려놓을 수 있었고, 여자는 다시 말할 수 있게 된다. 그렇게 『희랍어 시간』은 말의 온도와 사람에 대한 예의가 어떠해야 하는지 끊임없이 질문을 던진다.

고정희 시인의 말을 빌리자면 남자와 여자는 '상한 갈대'이자 '상한 영혼'이다. 그런데도 고통으로 가득한 세상에서 그들의 삶이 아름다운 이유는 잘려 나간 밑동에서도 새순이 돋으리라는 기대 때문이다. 이제 두 사람의 이야기를 따라가며 마주 잡을 손을 내밀 듯 응원을 보낼 일이다.

절망하지 않으려고 켜 놓은 등불 앞에서 조용히 점자책을 읽고 있는 남자와 흑자주색 벨벳 머리띠를 하고 좋아하는 단어를 골라 아름다운 시를 짓고 있을 여자를 상상해 본다. 고독의 심연에서 오랫동안 숨을 참아 온 두 사람이 서로의 결핍을 보듬으며 내쉬는 숨비소리에 귀 기울이면서.

나와 너, 그리고 우리의 이야기

『희랍어 시간』은 구성과 이야기 전개가 독특하지요.

총 22개의 장으로 구성된 『희랍어 시간』은 1장에서 시작해 0장으로 끝납니다. 어떤 장에는 소제목이 있고 어떤 장에는 없습니다. 장마다 이야기의 길이도 제각각이지요. 긴 이야기가 전개되기도 하고, 몇 개의 희랍어 문장이나 시 한 편이 장의 전부이기도 합니다. 또 한 번은 남자의 이야기였다가 다음 장에서는 여자의 이야기로 바뀌고, 시점도 1인칭에서 3인칭으로 달라집니다. 인물의 생각이 인용 부호 없이 이탤릭체로 표현되기도 합니다. 우리가 흔히 알고 있듯 '발단-전개-위기-절정-결말'로 이어지는 소설의 구성과는 매우 다르지요. '이건 뭐지?' 하는 당혹감, 호기심이 불쑥 솟을 수밖에 없습니다. 작가는 이런 실험적 형식에 말을 잃은 여자와 시력을 잃어 가는 남자가 서로를 발견하는 이야기를 채워 넣었지요.

소설은 크게 두 부분으로 나눌 수 있습니다. 1장부터 16장까지가 전반부에 해당하고, 17장부터 마지막 0장까지를 후반부로 볼 수 있지요. 전반부의 1, 3, 5, 6, 8, 9, 13, 14장은 남자의 이야기이고, 2, 4, 7, 10, 11, 12, 15, 16장은 여자의 이야기입니다. 이렇게 남자의 이야기와 여자의 이야기를 따로 모으면 각자의 삶에 관한 이야기가 되지요. 후반부인 17장부터는 두 사람이 함께 하룻밤을 보내는 동안 일어난 이야기로, 여자가 잃어버린 말을 찾으며 소설은 끝납니다.

그런데 특이하게 열 개의 장에는 소제목이 붙어 있습니다. 마치 핵심

어를 표시한 '해시태그(#)' 같은 소제목들은 두 사람을 이해하는 중요한 열쇠가 되지요. 2장의 「침묵」은 여자가 두 번째로 말을 잃어버리기까지의 이야기입니다. 7장의 「눈」은 실어 이후 그녀의 내면 풍경을, 11장의 「밤」은 그녀가 희랍어 강의를 듣는 일상을 보여 주지요. 5장 「목소리」는 남자가 독일 시절 첫사랑 R에게 보내는, 사과의 뜻을 담은 편지의 형식을 취하고 있습니다. 9장 「어스름」도 편지 형식인데 독일에 있는 여동생에게 남자가 자기의 일상을 전합니다. 14장 「얼굴」은 남자가 요하임 그룬델과 나누었던 철학적 논쟁을 추억하는 이야기입니다. 17장 「어둠」에서는 여자가 지하 계단에서 다친 남자를 그의 집까지 부축하지요. 그리고 그곳에서 두 사람이 나누는 대화가 19장 「어둠 속 대화」로 이어집니다. 20장 「흑점」과 21장 「심해의 숲」은 두 사람이 실명과 실어로 인한 고독에서 벗어나는 모습을 시적으로 보여 줍니다.

남자의 이야기

남자는 서서히 시력을 잃어 가고 있습니다. 집안 남자들에게 대대로 이어지는 유전 때문이지요. 현재 그는 얼마 남지 않는 시력을 보호하기 위해 도수 높은 연녹색 안경을 낀 채, 서울의 한 사설 아카데미에서 희랍어를 가르치고 있지요.

남자는 열다섯 살이 되던 해에 가족들과 함께 독일로 이민을 떠났습니다. 하지만 독일에서 그의 삶은 순탄치 않았습니다. 동양에서 온, 독일어가 서툰 소년에게 학교생활은 만만치 않았겠지요. 결국 그는 복잡한 문법 체계를 지닌 탓에 모두가 배우기를 꺼리는 희랍어에 매달립니다. 자연스럽게 플라톤의 이데아 사상에 깊게 빠집니다. 그 무렵에 동갑내기 친구 요하임 그룬델과 사귀게 되지요. 남자는 그와 소멸과 생명의 이데아를 두고 치열한 논쟁을 벌이기도 했습니다.

열일곱 무렵에는 청각 장애가 있는 여자 R을 만나 사랑에 빠지기도 했습니다. 나중에 자신이 완전히 실명하리라는 사실을 알고 있었던 남자는 실명 이후 서로 소통하려면 말이 필요하다고 생각하고 그녀에게 말을 요구합니다. 자신의 장애를 신의 섭리로 여기는 그녀에게 말을 강요하는 것이 얼마나 큰 분노를 불러일으킬지도 모른 채 말이지요. 분노한 R이 그를 나무토막으로 내리쳤고, 얼굴에 '오래전 눈물이 흘렀던 곳을 표시한 고지도' 같은 흉터만 남긴 채 그녀와 이별하였죠.

남자는 17년 만에 다시 서울로 돌아왔습니다. 어느 날 아침 불현듯 보르헤스의 『불교 강의』에 적어 놓은 고통 가득한 자신의 메모를 발견합니다. 그리고 요하임 그룬델의 죽음을 슬퍼하지요. R에게 보낸 사과의 뜻을 담은 편지는 반송되고요. 그러던 중 희랍어 강의를 듣는 한 여자가 그의 관심을 끕니다.

여자의 이야기

왼쪽 손목을 흑자주색 벨벳 머리끈으로 감싸고 온통 검은 옷을 입은 여자가 희랍어 강의를 듣고 있습니다.

그녀에겐 출생의 비밀이 있습니다. 장티푸스 약을 과다 복용해서 뱃속의 아기를 지우려 했지만, 태동을 느낀 그녀의 어머니가 망설인 까닭에 가까스로 그녀가 태어날 수 있었다는 이야기입니다. 그 이야기를 들을 때마다 여자는 움츠러들곤 했지요. 그렇게 태어난 여자의 언어에 대한 감각은 경이로웠습니다. 네 살 때 혼자서 한글을 깨쳤고, 여섯 살에는 한글 자음과 모음의 미묘한 차이를 이해할 정도로 영민했지요. 그 시절 인상 깊은 단어를 모으는 습관을 들인 그녀는 특히 '숲'이라는 단어를 좋아했습니다.

중학교 시절 언어가 그녀를 괴롭히는 고통이 시작됩니다. 여자가 뱉은 말에 대한 혐오와 수치심이 한계에 다다른 열일곱 살 때 첫 번째로 말을 잃어버리게 되지요. 어떤 자극에도 침묵에서 벗어날 수 없었는데, '비블리오떼끄(bibliothèque)'라는 낯선 불어 단어 때문에 다시 말할 수 있게 되었던 기억을 간직하고 있지요.

그 후 여자는 20년 동안 출판사를 거쳐 대학과 고등학교에서 문학을 가르쳤으며, 시집을 내고 서평도 썼지요. 스무 살 봄에는 야간 경비 일을 하던 아버지가 돌아가셨고, 항암 치료를 받던 어머니마저 반년 전에 여의었으며, 이혼도 했고, 말을 잃은 후 모든 일을 그만둘 수밖에 없었고, 수입이 없다는 이유로 아이의 양육권 소송에서도 졌지요.

지금 여자는 지난해 늦봄부터 시작된 두 번째 실어증을 겪고 있지요. 그녀는 심리 치료사와 함께 이 침묵의 원인을 찾아 기억을 더듬어 봅니다. 연이은 심리적 충격과 두려움이 실어의 원인이라고, 그러니 당당해야 한다는 심리 치료사의 결론을 여자는 부정합니다.

죽음과도 같은 끔찍한 침묵 속에서 여자는 자신을 둘러싼 세상이 살풍경하다고 인식합니다. 게다가 자신이 물질에 불과하다고 느끼는 등 정신적 고통을 겪습니다. 다만 잃어버린 말을 스스로 되찾으려 합니다. 그래서 시력을 잃어 가는 남자의 희랍어 강의를 듣고 있지요. 낯선 단어 하나 때문에 첫 번째 실어에서 벗어났듯 여자는 이번에도 낯선 희랍어가 두 번째 실어의 탈출구가 되어 주길 바랍니다.

그들의 이야기

건물 지하로 날아든 새를 밖으로 내보내려다 남자가 다칩니다. 남자의 안경까지 부서지지요. 여자가 남자를 부축해 병원에 갑니다. 그리고 그의 집까지 동행합니다. 거기에서 두 사람은 긴 대화를 나눕니다. 물론 남자가 말을 하면 여자가 듣는 일방향의 대화일 수밖에 없었지요. 그렇지만 남자는 간간이 여자가 듣고 있는지 확인하고, 여자도 그런 남자의 말에 귀 기울이며, 기적을 내기도 합니다. 어둠 속에서 여자를 볼 수 없는 남자는 자기 삶에 관해 이야기하고, 여자는 그 이야기와 자신의 삶을 비교하듯 과거를 떠올리죠. 여자가 남자의 손바닥에 써 준 글씨로 두 사람은 서툴게 공감하고 위로를 건넵니다. 아직 서로를 완전하게 이해할 수 없는 그야말로 깨지기 쉬운 '두 연약한 개인 사이의 특별한 관계'[1]인 셈이죠. 그리고 어둠과 빛이 혼재된 듯한 변화가 두 사람의 내면에서 시작되고, 여자가 침묵에서 벗어납니다.

세상이 환(幻)이고, 산다는 것이 꿈이라는 화두

남자에게 보르헤스는 어떤 의미일까요?

남자는 조금씩 시력을 잃어 가고 있습니다. 그에게 실명은 마치 희랍

신화의 신탁처럼 거스를 수 없는 운명입니다. 그의 삶은 아르헨티나의 시인이자 소설가인 보르헤스(Jorge Luis Borges: 1899년~1986년)의 삶과 무척 닮았습니다.

"어쩌면 사는 게 끔찍한 일인지도 모르겠어요. 그러나 우린 그걸 피할 수 없어요."[2]라는 말을 남긴 보르헤스도 집안 대대로 물려받은 유전 때문에 시력을 잃었지요. 그러나 역설적으로 그는 실명한 후에 국립 도서관의 도서관장이 됩니다.

> 누구도 눈물이나 비난쯤으로 깎아내리지 말기를.
> 책과 밤을 동시에 주신
> 신의 경이로운 아이러니, 그 오묘함에 대한
> 나의 허심탄회한 심경을.
>
> 신은 빛을 여읜 눈을
> 이 장서 도시의 주인으로 만들었다.
> 여명마저 열정으로 굴복시키는 몰상식한 구절구절을
> 내 눈은 꿈속의 도서관에서 읽을 수 있을 뿐.
> <하략>
> - 보르헤스,「축복의 시-마리아 에스테르 바스케스에게」[3]

「축복의 시」는 실명과 도서관장이라는 모순을 신이 준 '경이로운 아이러니'로 받아들이며 고통스러워하는 보르헤스의 내면을 보여 줍니다. 보르헤스는 실명의 고통을, 감각적 인식은 모두 헛것이고 꿈이라는 불교의 가르침으로 이해하려 합니다.

> 우주는 우리에게 끊임없이 색·성·향·미·촉으로 인식된다. 그러나 그 인식의 표상 뒤에는 아무것도 없다. 세상은 환(幻)이고, 산다는 것은 바로 꿈꾸는 것이다.[4]

시각, 청각, 후각, 미각, 촉각이라는 다양한 감각을 통해 세상을 인식하는 우리와 달리 보르헤스는 이 말로 실명의 아픔을 합리화하려고 했을지도 모릅니다. 그런데 문장들 사이에는 "그 꿈이 어떻게 이토록 생생한가. 피가 흐르고 뜨거운 눈물이 솟는가."라는 고뇌를 담아 거칠게 써 놓은 남자의 메모가 있습니다. 남자는 눈에 보이는 아름다운 세상이 환(幻)이며 허상이라는 보르헤스의 말을 받아들일 수 없었지요. 눈 앞에 펼쳐진 생생한 현실이 꿈이고 허상이라고는 도저히 생각할 수 없기에 눈이 완전히 멀더라도 보르헤스와 같은 지혜를 얻지 못할 것이라고 고백합니다. 그에게 실명은 피눈물 나는 고통일 뿐이었으니까요.

▲ 호르헤 루이스 보르헤스의 무덤
(사진: 위키피디아)

그가 보르헤스의 무덤을 방문합니다. 거기서 "우리 사이에 칼이 있었네"라는 보르헤스의 묘비명을 보며 '칼'의 의미를 실명으로 받아들입니다. 실명이 보르헤스와 세상을 단절시켰다고 해석하였지요. 그러나 남자는 눈앞에 보이는 현실을 더 이상 볼 수 없다는 사실을 애써 외면합니다.

남자는 운명을 받아들이는 방법을 배우는 중입니다.

　남자는 실명 이후에는 사라질, 덧없지만 아름다운 세계에 대한 미련으로 괴로워합니다. 그래서 현상 바깥에서 영원한 아름다움을 찾으려는 플라톤의 이데아에 매료되었지요. 이데아는 플라톤 철학의 중심 개념으로 '현상 세계 밖의 세상이자 모든 사물의 원인이자 본질'[5]을 의미합니다. 남자가 찾고자 하는 영원한 아름다움은 결국 흔적도 없이 사라지는 어둠이며, 죽음이자 소멸의 이데아였지요.

　남자와는 달리 요하임 그룬델은 그런 이데아란 있을 수 없다고 합니다. 그것은 성립 불가능한 '동그란 삼각형'일 뿐이라고 말하지요. 어릴 때부터 여러 번의 수술을 하고 시한부 판정까지 받았던 요하임은 시력을 잃어 가는 남자의 고통을 잘 알고 있지요. 그런 요하임이 남자에게 점자를 배우고 흰 지팡이와 시각 장애인 안내견과 친해지라고 조언합니다. 왜냐하면 언제나 '지금, 여기'를 사랑한 현실주의자였던 요하임은 진정한 아름다움이란 소멸과 죽음이 아닌 삶과 생명이라고 믿었기 때문이지요.

　그가 '동갑내기 스승'이라 여기는 요하임과 나눈 대화는 남자의 삶에 계속해서 영향을 미칩니다. 그는 삶이야말로 완전하고 아름다운 것이라는 요하임의 말을 조금씩 깨달아 가지요. 남자의 시력은 점점 나빠져 눈에 보이는 모든 형상과 움직임이 뭉개져 갑니다. 그렇지만 남자는 돋보기에 의지하고, 강의 내용을 외우다시피 하여 희랍어 수업을 준비하면서도 절망하지 않은 채 잠이 들 수 있습니다. 어느덧 남자는 자신의 운명을 받아들이고 있었던 거지요. 그리고 지독한 침묵이라는 절망에 빠진 여자에게 마음을 열게 되었지요. 그는 그 고통의 깊이를 이해하기에 그녀에게 따뜻한 말을 전할 수 있었을 겁니다.

침묵에 귀 기울이기

여자의 침묵은 죽음과 같아요.

목소리가 작은 여자는 어깨와 등도 최대한 작게 만들려고 합니다. 이따금 눈으로 자신을 표현하곤 하는데, 시선이야말로 '접촉하지 않으면서 접촉할 수 있는' 유일한 수단이기 때문이지요. 그리고 실어증으로 침묵하게 됩니다. 침묵에 익숙해질수록 그녀의 감각은 더욱 예민해집니다. 이제는 눈으로만 세상을 보고 받아들입니다. 그러면서 숨 쉬는 일이 말하는 것과 닮았다고 느끼지요. 숨 쉬는 일이 죽음과 대결하는 일이듯이 말하는 것 역시 죽음에 맞서는 행위일 것입니다. 말을 잃은 이후 그녀는 자신이 더 이상 아무것도 새어 나오거나 스며들지 않는 물질이 되어 간다고 여기지요. 모든 풍경과 기억은 조각난 파편처럼 흩어지고 감정은 메말라 가면서도 침묵의 원인을 알 길이 없어 괴로워합니다.

여자는 침묵에서 벗어나기 위해 희랍어를 선택합니다. 비록 침묵에서 벗어나려는 그녀의 노력이 꺼져 있는 폭탄의 심지에 다시 불을 붙이는 것처럼 그녀를 자기 소멸이라는 결과로 이끌지라도 말을 되찾으려 하지요. 또 목소리가 새어 나오기를 바라며 여자는 자신의 처지를 시로 묘사합니다.

목구멍에 눈[雪].

눈두덩에는 흙.

　목구멍은 눈[雪]으로 막히고, 눈은 흙으로 덮여 땅에 누워 있다는 말에서 여자의 죽음이 연상됩니다. 아마도 말을 잃어버린 자신을 가리키는 것이겠지요.

　남에게 상처를 준 적 없는 여자에게 이 세계는 그 자체로 공포이자 폭력이 난무하는 세상입니다. 육체적 위협이 되지 않는다고 할지라도 수많은 사건과 사고, 화해할 수 없는 것들이 그녀를 에워싸고 있습니다. 그녀가 바라보는 세상은 더 이상 따뜻한 풍경이 아닙니다. 세상 사람들 누구도 여자를 이해하려고 하지 않습니다. 침묵은 여자를 더욱 소외시키죠.

　그녀는 고통에서 벗어나기 위해 끊임없이 걷다가 지쳐서 잠이 듭니다. 이것이 그녀가 불면의 밤과 맞서는 유일한 방법입니다. 그렇게 어둠에 익숙해지려고 노력하며 숨 쉬는 일조차 힘겨운 삶을 견디며 살아갑니다.

여자는 회복을 꿈꿉니다.

　여자의 마음 깊은 곳에서는 말하고 싶은 욕망이 꿈틀대고 있습니다. 하지만 그 억눌린 욕망을 겉으로 드러내기가 두렵습니다. 여자는 이미 많은 상처를 받았기 때문이지요. 그래서 여자는 말을 밖으로 뱉지 못하고 안으로 삼키기만 합니다.

어떻게 그 애를 데려갈 수 있지. 어떻게 그렇게 멀리. 어떻게 그렇게 오래. 나쁜 새끼. 피도 눈물도 없는 새끼.

더는 아이를 만날 수 없는 현실 앞에서 수화기 너머 남편에게 여자는 이렇게 소리쳤어야 했어요. 그런데 한마디 항변이나 애원도 하지 못하지요. 소외의 경험이 많으면 저항할 힘이 사라지고 의기소침해집니다. 여자의 내면이 바로 이런 상태이죠.

다행히 누구나 자신의 어려움을 이겨 낼 잠재적인 힘인 '회복 탄력성'을 지니고 있다고 합니다. 희랍어를 배우려는 결심은 그녀의 회복 의지를 의미합니다. 그러나 여자는 남자가 읽어 보라고 한 칠판의 글자조차 소리 내어 읽지 못합니다. 다만 불완전한 문장을 계속해서 써 가면서 말할 수 없는 고통을 견딜 뿐이지요.

어느 날 건물 안으로 들어온 새를 향해 여자가 외칩니다. 물론 그 소리는 '혀와 목구멍보다 깊은 곳'에 있었을 뿐 입 밖으로 나오지 않았습니다. 하지만 분명 말하려는 의지가 작동한 것이지요.

거기 숨으면 안 돼.
밖으로 나가야지.

이 외침을 "숨지 마, 살아야지."로 바꾸어 읽어 봅니다. 어쩌면 이 외침이야말로 여자가 자신에게 하고 싶었던 말일 수도 있습니다. 고독과 불안 속에 갇혀 지내던 여자는 살고 싶어 하죠. 조금씩 그녀의 텅 빈 내면에 감정이 살아나고, 조금씩 숨소리가 새어 나오기 시작합니다. 남자는 처음으로 그녀에게서 긴장한 숨소리를 듣습니다.

그리고 여자는 오랫동안 남자의 이야기를 듣습니다. 여자는 입술은 밖으로부터 닫힐 수도 있고 안에서 스스로 걸어 잠글 수도 있다는 남자의 말을 듣고, 실어 이후 형상이 그려지지 않던 말들의 이미지를 다시 떠올릴 수 있게 되지요. 그리고 그녀가 온 힘을 다해 바라보는 그의 얼굴에서 따스한 생명력을 발견하고 고통을 느낍니다. 이 고통은 그녀가 회복되리라는 일종의 신호인 셈이겠죠.

꿈은 무의식의 우물로 들어가는 열쇠

남자의 우물 속엔?

꿈과 무의식의 관계를 밝힌 프로이트(Sigmund Freud: 1856년~1939년)는 꿈이야말로 억압된 욕망이자 무의식의 표현이라고 보았습니다. 따라서 꿈을 해석하려는 노력은 그 사람의 내면을 들여다보는 열쇠라고 할 수 있지요.

8장에는 남자가 십 대부터 반복해서 꾸어 온 꿈이 등장합니다. 꿈에서 그는 목적지를 알 수 없어 그냥 가야 할지, 버스에서 내려야 할지, 아니면 건너편 정류장으로 가야 할지 혼란스러워합니다. 남자의 현실을 상징하는 것 같습니다.

그의 실명은 유전으로 말미암은 것이므로 예정된 불행입니다. 그래서 그는 "생생한 밤의 바깥으로 벗어날 수 없을 것"이라고 말합니다. 실명 이후의 삶은 온통 어둠일 테니까요. 절 마당에 매단 홍보랏빛 연등의 생생함은 앞으로 그의 관념이나 기억에만 존재할 것입니다. 이런 남자의 인식은 '세계는 환이고 산다는 건 꿈꾸는 것'이라는 말과 다르지 않습니다. 그가 보고 있는 빛의 세계는 결국 생생한 밤이자 꿈입니다. 허상에 불과하지요. 그 진실 앞에서 그는 피를 흘리듯 고통을 느끼고 슬퍼할 수밖에 없습니다.

13장에는 남자가 점자 편지를 받는 꿈이 등장합니다. 아직 그는 두꺼운 안경이 필요할지언정 옅은 시력이 남아 있고, 게다가 점자를 배운 적도 없지요. 그런데도 꿈에서는 그 점자 편지를 읽고 답장을 고민하다가 깨어나 푸른 빛이 가득한 방을 둘러봅니다. 또 벽에 맺힌 물방울들이 눈부시게 반짝이는 모습을 바라보고 있습니다. 하지만 꿈에서 깨어나자마자 그는 사물의 윤곽이 무너져 희끄무레한 방안의 모습을 마주합니다. 이것이 벗어날 수 없는 그의 현실입니다. 실명이라는 현실을 부정하고 싶은 그의 욕망이 꿈에 반영되었던 것이지요.

점자 편지를 읽는 꿈속의 꿈은 내면 가장 깊숙한 곳에 자리한 남자의 불안을 보여 줍니다. 몇 년 뒤면 그는 완전히 실명하게 될 것입니다. 그 땐 요하임 그룬델의 말대로 점자를 배우고, 시각 장애인 안내견과 친해져야 합니다. 다만 아직 실명이라는 운명을 어떻게 받아들일지 답을 준비하지 못하고 있을 뿐이지요.

20장에 그의 마지막 꿈이 나옵니다. 잠에서 깨어난 남자는 여자가 떠난 흔적을 확인하고 그녀에게 미처 하지 못한 말을 떠올리며 다시 잠이 듭니다. 그의 꿈에 눈이 먼 백발의 늙은 남자가 등장합니다. 그 늙은 남자는 훗날의 그일 수도 있고, 어쩌면 보르헤스일 수도 있지요. 젊은 여자의 이미지도 중첩되어 나타납니다. 보르헤스의 젊고 아름다운 비서이거나 남자의 첫사랑이었던 R이거나 남자를 부축해 온 여자일 수 있지요. 눈이 먼 늙은 남자는 외부 풍경에 대한 설명을 끊임없이 요구합니다. 늙은 남자는 이런 요구가 젊은 여자에게 상처가 된다는 사실을 모릅니다. "그 여자의 손이 없다."라는 서술은 여자가 상처 입은 모습인 동시에 늙은 남자와 젊은 여자의 단절을 의미합니다. 늙은 남자의 눈물은 어쩌면 독일 이민 시절 청각 장애가 있는 R의 목소리를 요구했던 일을 후회하는, 현실에 있는 남자의 눈물이겠지요.

비몽사몽간에 어제 기억을 떠올리던 남자는 다시 꿈을 꾸지요. 꿈은 그의 미래를 적나라하게 보여 줍니다. '점점 밝아지는 대신 진해지는 어둠'과 '영원히 시작되지 않는 공연'이란 결국 실명 이후의 삶을 의미하지요. 옆에는 점자 편지도 있습니다. 그리고 두 사람의 미래도 보여 줍니다. 따스한 체온을 전해 준, 사과향 나는 여자가 그의 곁에 있습니다.

정말 남자가 꿈에서 깨어났을 때, 손을 내밀듯 여자가 다시 그의 집으로 돌아옵니다.

여자의 우물 속엔?

7장에서 여자는 이상하리만치 생생할 뿐 아니라 차가웠던 꿈을 떠올립니다. 그녀는 눈 내리는 낯선 거리에 홀로 서 있는 서늘한 꿈을 꿉니다. 그리고 표정 없는 낯선 어른들은 아무도 그녀에게 말을 걸지 않습니다. 이 꿈의 배경은 길입니다. 그 꿈을 꾼 때가 스스로 글을 깨친 직후

여서 미처 몰랐겠지만, 말을 잃고 홀로 살아가야 할 그녀의 미래를 예감한 것은 아닐까요? 두 번의 실어에서 비롯된 소외 때문에 여자는 더욱 고통스러운 현실에 직면했으니까요.

11장에는 여자의 입술이 검붉게 부풀고, 이가 흔들리고, 침에는 피가 섞여 있는데, 누군가 단단한 약솜으로 여자의 입을 틀어막는 꿈이 등장합니다. 입술과 이는 모두 말과 떼려야 뗄 수 없는 관련이 있지요. 게다가 입을 틀어막는 누군가는 외부의 부당한 힘이라고 볼 수 있어요. 이것은 그녀의 실어가 내적 요인과 외부 요인이 복합적으로 작용한 결과임을 암시하지요. 그녀는 스스로 '너무 끔찍한 길'을 걸어왔다고 생각합니다.

2장의 악몽은 가장 최근의 꿈입니다. 그녀가 양육권을 빼앗긴 뒤에 세상의 모든 언어가 하나의 단어로 압축되어 버리는 꿈입니다. 어디에도 하소연할 수 없는 말들이 증오와 고통이 되어서 그녀의 심장에서 들끓고 있었던 겁니다. 하소연할 수 없어서 압축된 말들은 끝내 폭발하게 되겠지요. 결국 여자는 첫음절을 터뜨려 말을 되찾습니다.

체온으로 전하는 따뜻한 소통

희랍어의 역할은 무엇인가요?

『희랍어 시간』은 희랍어를 가르치는 남자와 희랍어를 배우는 여자의 이야기입니다. 희랍어는 그리스어를 말합니다. 그런데 왜 그리스라고 하지 않고 희랍(希臘)이라고 할까요? 그리스의 정식 국명은 '헬레닉 공화국(Hellenic Republic)'으로 '헬라스(Hellas)'라고 부르기도 합니다. 헬라스의 중국어 가차 표기가 바로 희랍입니다. 프랑스를 '불란서(佛蘭西)'로, 인디아를 '인도(印度)'로 부르는 것과 마찬가지 이유이지요.

희랍어는 이미 오래전에 죽은 말입니다. 고대 그리스 시절의 언어로 마치 고대 로마어인 라틴어처럼 지금은 소통할 수 없는 말이 되어 버렸습니다. 불필요한 언어의 기능, 예를 들자면 '중간태'와 같은 기능이 남아 있고, 단어와 문장 하나하나가 다양한 의미를 지닙니다. 배우기도 어렵고, 배우려는 사람도 드뭅니다. 그저 고대 그리스 철학이나 의학에 관심이 있는 특별한 사람들만 배우는 언어일 뿐입니다. 독일 이민 시절 동양에서 온 이방인일 뿐이었던 남자는 소외에서 벗어나기 위한 수단으로 희랍어를 공부했지요.

여자가 희랍어를 배우려 하는 이유는 남자와 전혀 다릅니다. 어느 순간부터 그녀가 내뱉는 모든 말은 '완전함과 불완전함, 진실과 거짓, 아름다움과 추함'을 드러내며 그녀에게 고통을 주기 시작합니다. 그녀는 소리와 의미의 아슬아슬한 관계를 설명할 길이 없습니다. 언어에 대한 섬세한 감각 때문에 여자는 소리와 의미의 불완전성을 받아들이기 힘들어하다가 침묵에 빠지게 됩니다. 하지만 까다로운 문법 체계를 지녔음에도 극도로 간명한 희랍어를 '얼음 기둥처럼 차갑고 단단한 언어'로 생각하는 여자는 이 낯선 고대 희랍어가 죽음과 같은 침묵을 깨뜨려 주길 바라지요.

그녀는 줄곧 남자를 관찰합니다. 남자의 청색 셔츠와 그 위에 내려앉은 분필 가루에도 눈길을 줍니다. 남자의 왼쪽 뺨에 희미하게 남은 흉

터가 눈에 들어옵니다. 복도에서 마주칠 때 보내는 그의 눈인사가 거북하지 않습니다. 그녀가 담담하게 남자의 존재를 의식하기 시작하면서 그의 얼굴이 낯설지 않게 됩니다. 이렇게 시작된 관심이 그녀의 침묵에 균열을 낼 줄 알지 못한 채 말이죠.

남자 또한 한 번도 강의에 빠지지 않으면서도 누구와도 대화하지 않는 여자를 주목하게 됩니다. 그는 여자의 바싹 깎은 손톱이며, 비스듬하게 굽은 등에도 눈길을 주지요. 독일에서 만났던 첫사랑 R을 떠올리게 하는 여자가 궁금해집니다. 그리고 그녀도 R처럼 언어 장애를 가지고 있다고 추측합니다. 그렇게 남자는 희랍어를 통해 말을 되찾고 싶은 여자와 조금씩 얽히게 됩니다. 지금까지 어둠 같은 고독을 받아들이던 남자에게 소통하고 싶은 사람이 나타난 겁니다. 여자가 쓴 희랍어 시를 두고 두 사람의 거리는 조금 더 가까워집니다. 이렇게 희랍어라는 연결고리로 두 사람의 분리되었던 세계가 하나로 만나게 되지요.

첫음절은 분명 '숲'이었을 겁니다.

인간의 의사소통 방법은 다양합니다. 말뿐만 아니라 몸짓, 표정, 시선, 어조 등으로도 소통할 수 있지요. 하지만 인간은 그중 주로 말로 의사소통하지요. 그래서 언어를 매개로 사상과 감정을 표현하고 의사를 전달하는 인간을 가리켜 호모 로쿠엔스(Homo loquens)라고 합니다.

말은 우리 삶에서 떼려야 뗄 수 없습니다. 그렇기에 말을 잃어버린 사람이 겪을 그 충격과 소외감은 감히 상상할 수조차 없습니다.『희랍어 시간』은 말을 잃어버린 여자의 고통스러운 내면을 보여 줍니다. 한

때 언어 감각은 탁월했으나 어느 순간부터 말이 날카로운 바늘처럼 그녀를 찔러대지요. 이어 그녀는 말할 수 없게 됩니다. 침묵은 이해보다는 오해를 불러오고, 소통은 단절되고 맙니다. 외부와 단절될수록 그녀의 말은 더 단단한 껍질 속으로 숨어 버립니다.

그래서 여자는 말이 아니라 눈으로 소통하는 것을 선택합니다. 시선은 말보다 여자의 내면을 즉각적으로 보여 주지만 다른 사람들이 그 의미를 알아차리기 쉽지 않습니다. 이런 악순환이 이어질수록 여자는 괴로울 뿐입니다. 남자는 시력이 약한 탓에 조금만 눈에서 멀어지면 자신의 글씨조차 볼 수 없어 암기한 내용으로 수업하지요. 그럴 때마다 남자도 자신이 칠판에 쓴 문장과 암기한 대로 읽는 소리에서 공포를 느낍니다. 여자가 느끼는 말의 공포와 닮아 있지요. 이처럼 여자의 이야기가 씨줄이 되고, 빛을 잃어 가는 남자의 이야기가 날줄이 되어 『희랍어 시간』을 엮어 갑니다. 시간이 흐를수록 어둠 속에 자신을 숨기려는 여자와 눈이 멀어 가며 어둠에 익숙해지는 남자는 서로 익숙해집니다.

> 시력을 잃고 있는 남자는 눈앞의 모든 이미지를 상실한 채 관념의 세계로 진입하기 직전이다. 이미지 없는 관념의 세계는 온전히 말로만 이루어진 세계라고 할 수 있다. 말을 잃은 여자는, 정확히 말해 모국어로 말을 할 수 없게 된 여자는 침묵의 세계 안에 있다. 이처럼 이미지와 소리를 상실한 남자와 여자는 암흑과 침묵 속에서 언어 그 자체와 투명하게 대면한다.[6]

남자의 어둠과 여자의 침묵은 결핍이라는 동질감을 지니고 있습니다. 남자의 말은 이미지 없는 관념에 불과하고, 여자는 시각적 이미지를 말로 표현할 수 없습니다. 여자는 다친 남자를 부축해 그의 집까지 온 뒤 남자의 이야기를 듣습니다. 보통의 대화라면 어둠 속에서도 가능합니다. 그런데 말을 잃은 여자는 소리를 내지 못하고, 빛을 잃은 남자는 여자의 눈빛을 읽을 수 없습니다. 남자는 독백처럼 말을 이어 갑니다. 간간이 여자가 듣고 있는지 묻습니다. 여자는 남자의 말에 인기척을 내지요. 그때 남자는 자신도 여자처럼 침묵하고 싶었던 순간이 있었다고 고백합니다. 왜냐하면 실명에서 벗어날 수 없다는 두려움이 내면에 자리 잡고 있었기 때문이지요. 남자는 눈으로 보면서 말을 주고받아야 서로를 이해할 수 있다는 생각이 얼마나 어리석은 것인지 이제는 알고 있지요. 이어 여자는 마음의 소리를 남자의 손바닥에 글로 옮깁니다. 소리도 없고 보이지도 않는 어둠 속에서 입술과 눈을 배제한 채, 두 사람은 체온을 담은 촉각으로 소통합니다.

따뜻한 말과 차가운 말이 있습니다. 온화한 눈빛도 있지만 날카로운 눈빛도 있지요. 하지만 체온을 담아서 전하는 말은 차갑지도 날카롭지도 않습니다. 둘은 체온처럼 따뜻한 소통을 바라고 있었는지도 모릅니다. 따뜻한 말을 그리워했을 수도 있어요.

드디어 여자는 '말할 수 없는 심연 속에서 조용히 견디'[7]다가 숨비소리를 토합니다. 그녀의 숨비소리는 분명 '슾'이었을 거예요. 왜냐하면 그 글자는 숨을 깊게 들이마시고 입술을 오므리면서 다시 천천히 숨을 뱉어 낼 때, 자음과 모음이 만들어 내는 모양과 소리, 느낌이 신비스럽다고 그녀가 생각했으니까요. 그리고 그녀가 가장 사랑하는 아이의 인디언 이름이 바로 '반짝이는 슾'[8]이었으니까요.

남은 이야기

'21'과 '0'의 의미는 무엇일까요?

    21이라는 숫자는 7을 3번 더한 값입니다. 우리 관습에는 21일 동안 금기를 지키는 삼칠일(三七日)이라는 의례가 있습니다. 아이가 태어나면 삼칠일 동안 외부 출입을 막고 아이가 건강하게 자라기를 기원했다고 하지요. 『단군 신화』에도 삼칠일에 대한 언급이 나옵니다. 사람이 되고 싶어 하는 곰과 호랑이에게 환웅은 쑥과 마늘만 먹고, 굴속에서 햇빛을 보지 않고 백일을 보내면 사람이 될 수 있다고 말하지요. 그 금기를 견디지 못하고 동굴을 뛰쳐나간 호랑이와 달리 곰은 삼칠일 만에 사람인 웅녀가 됩니다.

    어쩌면 『희랍어 시간』의 1장부터 21장은 말을 잃고, 빛을 잃은 채 살아가는 두 사람이 고통을 견디고 드디어 마음을 열기까지의 시간으로서 삼칠일을 의미하는 것은 아닐까요? 소설이 21장까지 진행되면서 두 사람은 자기 상처와 상대의 아픔을 들여다보게 됩니다. 그리고 남자는 눈이 멀지라도 흑점의 폭발을 바라볼 용기를, 여자는 '빛도 소리도 없는' 심해와 같은 고독 속에서 다시 첫음절을 소리 낼 의지를 회복합니다.

    그런데 왜 21장 다음은 0장일까요?

    원래 숫자 0은 값이 없는 수입니다. 비어 있다는 의미이기도 하지요. 희랍의 수학자인 피타고라스는 0을 완전한 만물의 기원이라고 여기기도 했지요. 또 대부분의 유럽 국가에서는 건물의 첫 번째 층인 1층을 0층이라고 한답니다. 이처럼 0의 개념은 다양하게 정의됩니다.

17장에서 두 사람이 함께 지하 계단에서 건물 1층 현관으로 올라옵니다. 이 장면은 '마침내, 끝끝내'라는 말을 떠올리게 합니다. 또한 서로를 안은 두 사람이 심해의 어둠으로부터 수면의 빛을 향해 떠오르는 21장 「심해의 숲」의 장면이 연상되지요. 21장 다음 장의 숫자가 0인 이유는 새로운 시작 또는 회복이기 때문일 겁니다. 이제 남자는 어둠에 절망하지 않을 것이고, 여자는 숨을 쉬듯 자연스럽게 말할 수 있겠지요.

연한 것에 관심을

『희랍어 시간』은 "말을 잃은 여자와 서서히 시력을 잃어 가는 남자는 각자의 침묵과 어둠 속에서 고독하게 나아가다가 서로를 발견한다."[9]는 줄거리가 전부인데, 우리가 두 사람에게 마음을 기울이는 순간, 감정의 떨림이 시작됩니다. 만약 여자가 말을 잃지 않았더라면, 남자의 눈이 멀지 않았더라면, 여자가 남자의 희랍어 강의를 수강하지 않았더라면, 새가 지하로 날아들지 않았더라면……. 그 모든 순간이 오지 않았더라면 두 사람의 이야기는 달라졌겠지요.

『희랍어 시간』은 두 사람의 깨지기 쉬운 연한 것들에 관해 우리에게 이야기합니다. 그래서 노벨 위원회에서도 "두 연약한 개인 사이의 특별한 관계를 매혹적으로 그려 낸 작품"이라고 말했지요. 또 "두 사람의 결핍을 통해 깨지기 쉬운 사랑이 싹트며, 이 작품은 상실과 친밀감, 언어의 궁극적인 조건에 대한 아름다운 명상을 보여 줍니다."라고도 했습니다.

작가는 "위안받지 못한다 해도 / 당신은 지금 여기 / 이제는 살아야 할 시간 살아야 할 시간"[10]이라고 노래합니다. 이제 남자를, 여자를, 그리고 그들이 살아야 할 시간을 마음으로 응원합니다. 그리고 누군가의 연한 부분에 관심을 기울이라는 작가의 말을 마음에 품습니다.

▲ 한강, 『희랍어 시간』의 표지 (사진: 문학동네)

▲ 국립 5·18 민주 묘지에 있는 부조(사진: 이석중)

04 소년이 온다

이석중

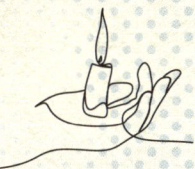

- 들어가며
- 일곱 개의 시선으로 보는 소년의 이야기
- 학살과 저항 - 5·18 민주화 운동
- '우리'와 '우리 군대'의 애국가와 태극기
- 소년 동호, 도청에 남다
- 왜 '소년'이며 왜 '온다'일까
- 시점의 변주와 의미 구성
- 인물들의 개별성과 동질성
- 어머니의 마음 '꽃 핀 쪽으로'와 이탤릭체
- 남은 이야기

 들어가며

　나는 어린 시절 부산대학교 정문 앞에 살았다. 그때 그곳은 논밭이 주변에 펼쳐져 있고 작은 집들이 마을을 이룬 조용한 동네였다. 내가 초등학교 6학년이던 1979년 가을, 조용하기만 하던 대학가는 "유신 철폐! 독재 타도!"라는 구호가 엄청난 기세로 울려 퍼졌다. 얼마 후 대통령이 죽고 어른들이 목소리를 낮춰 세상 이야기를 하던 어느 날부터 부산대학교 앞 거리거리에 장갑차가 배치되었고, 소총으로 무장한 군인들이 줄지어 경계 근무를 섰다. 어린 우리는 그들이 무섭지 않았다. '국군'이었기 때문이다. 그때, 아무 생각 없이, 그 군인들에게 매달리다시피 하며 내뱉었던 우리의 말은 얼마나 무서운 것이었던가.

　"아저씨, 이 총 진짭니꺼? 한 번만 쏘아 보이소."

　박정희의 경호실장 차지철이 "캄보디아에서는 300만 명도 죽였는데, 우리는 100만, 200만 정도 죽인다고 까딱 있겠는가."라고 했다던 부마 민주 항쟁의 한 장면을 그때 내가 본 것이다.

　작가가 살던 집에 소년이 이사를 왔다. 시간의 좌표를 옮기면 5·18은 작가가 겪을 일이었다. 부산과 광주, 공간의 좌표를 옮기면 5·18은 바로 내가 겪을 일이었다. 시간과 공간의 좌표가 만들어 내는 수많은 우연 속에서 우리는 모두 그렇게 이어져 있다. 작가는 5·18 민주화 운동[1]의 마지막 날 도청 옆 YWCA에 남았다가 계엄군의 총격에 살해된 시민군 박용준의 마지막 일기 한 대목에서 큰 마음의 울림을 얻는다.

> 하느님, 왜 저에게는 양심이 있어 이렇게 저를 찌르고 아프게 하는 것입니까? 저는 살고 싶습니다.[2]

　양심이다. 도무지 감당할 수 없는 압도적인 물리적 폭력 앞에 맨몸으로 나설 수 있는 인간 정신의 고귀함. 작가는 오래된 자신의 질문을 다음과 같이 바꾸어 내놓는다. "과거가 현재를 도울 수 있는가? 죽은 자가 산 자를 구할 수 있는가?"[3]라고.

　살고 싶어서, 겁에 질려서 입술을 떨면서도 마지막 순간 도청에 남기를 결단했던 소년 동호의 양심, 그것은 아무리 세월이 흘러도 아무리 광주에서 멀리 떨어진 곳이어도 크나큰 슬픔과 고통 속에서 빛을 낸다. 그런 양심이면 다음 세대의 양심을 두드려 깨울 수 있다. 2024년 12월 3일 밤, 위헌 위법적인 비상계엄을 막기 위해 국회 앞으로 달려간 많은 시민들의 마음은 동호의 도움을 받은 것이다. 그 결과 우리 모두 각자의 자그마한 행복을 지켜 낼 수 있었다.

　동호의 형은 아무도 자기 동생을 모독할 수 없도록 써 달라고 한다. 작가는 그 말을 새기고 새기며 이 작품을 썼을 것이다. 많이 울었을 것이다. 참혹해서 울고 슬퍼서 울고 자신의 무기력에 화가 나서, 동호에게 가해지는 모독이 그치지 않을 것 같은 절망감에 울기도 했을 것이다. 그런 마음으로 썼을 것이다. 그래서 작가는 말한다. "이 책은 많은 분들이 읽어 주셔야 완성이 되는 소설"[4]이라고.

　작가의 이 마음에 응답하며 『소년이 온다』를 읽어 보자. 동호에게, 동호들에게 손을 내밀며.

일곱 개의 시선으로 보는 소년의 이야기

　이 작품은 작가의 창작 동기를 그린 마지막 장을 포함하여 모두 7개의 이야기로 이루어져 있습니다. 각각의 이야기는 독립돼 있는 것 같지만 동호를 중심으로 구성된 하나의 큰 이야기입니다. 각 이야기는 시점과 초점 화자를 달리하면서 다양한 변주를 보여 줍니다. 그러한 다양한 작품 구성을 통해서 독자는 시종일관 긴장 상태에서 작품 내용에 몰입하게 됩니다. 우선 각 이야기의 중심인물, 핵심 줄거리를 간략히 정리하면 다음과 같습니다.

1장: 「어린 새」

　'너(동호)'는 중학교 3학년이고 위로 나이 차가 많이 나는 두 형이 있다. 자기 집 사랑채에 세 들어 사는 정대와 둘도 없는 친구 사이다. '너'는 정대의 누나 정미에게 호감이 있으며 지난 학년의 책을 버리지 않고 보관해 두는 착실한 학생이다.

　1980년 5월 '너'는 정대와 함께, 집에 들어오지 않는 정미를 찾으러 나섰다가 시위에 참여한다. 그 시위 군중 속에서 총에 맞아 쓰러진 정대를 두고 '너'는 몸을 피한다. 그러고는 친구를 두고 왔다는 죄책감에 '너'는 정대의 시신을 찾으러 도청 민원 봉사실에 갔다가 여고 3학년 은숙, 미싱사 선주, 대학생 진수와 함께 희생자들의 시신을 수습하는 일을 맡게 된다. 계엄군이 들어오기 전날 '너'는 함께 집에 가자고 찾아

온 어머니를 안심시켜 돌려보낸다. 얼마 후 아들과 손녀의 시신을 찾으러 산길을 넘어온 노인을 안내하며 '너'는 정대를 두고 떠난 자신에 대해 다시 한번 깊이 자책한다. 그러고는 자기 자신까지, 아무것도 용서하지 않겠다고 다짐한다.

2장: 「검은 숨」

'나(정대)'는 중학교 3학년이며 동호의 단짝 친구다. 누나 정미가 '나'를 보살핀다. '나'는 그런 누나를 가장 무서워하면서도 좋아한다. 그리고 '나' 또한 누나를 잘 챙기며, 빨리 돈을 벌고 싶어 누나 몰래 수금 아르바이트를 하기도 한다.

1980년 5월, '나'는 동호와 함께 시위에 참여했다가 계엄군이 쏜 총에 목숨을 잃는다. '나'의 시신은 짐짝처럼 트럭에 실려 가서 다른 시신들과 포개어진 채 시체 더미의 일부가 된다. '나'는 '나'의 시신 주변을 어른거리며 다른 혼들의 존재를 인식하지만 끝내 교감할 방법을 찾지 못하며 '나'의 시신이 부패해 가는 것을 본다. 그리고 그 참혹한 시신의 모습을 증오한다. '나'는 동호와 함께 있던 시간을 생각하고, '나'보다 먼저 죽은 누나를 고통 속에서 떠올린다, 그리고 '나'와 누나를 죽인 그들을 생각한다. 급기야 군인들은 '나'의 시신이 포개어진 그 시체 더미에 불을 붙인다. 시신이 다 불타면 얻을 자유의 시간, 동호에게로 가려고 마음먹은 그 새벽, '나'는 조명탄과 총신의 불꽃 속에서 동호가 죽었음을 알아차린다.

3장: 「일곱 개의 뺨」

은숙[5]은 1980년 5·18 당시 고3 학생으로서 선주, 진수, 동호와 함께 시신을 수습하는 일을 했다. 그리고 항쟁의 마지막 날 도청을 떠난다. 그녀는 재수 끝에 서울에 있는 대학에 들어가지만 집안 사정이 나빠져 졸업을 포기하고 출판사에서 일한다.

1985년, 출판사 직원으로 일하는 은숙은 수배 중인 번역자의 소재를 대지 않는다는 이유로 수사관에게 일곱 차례 뺨을 맞는다. 그녀는 그 일곱 개의 뺨을 잊기로 하면서 자신에게 가해진 폭력과 5·18 때의 일들을 생각한다. 도청에 남기로 결심하고 겁에 질려 있던 동호의 마지막 모습, 병원에 숨어서 잠들지 못한 채로 도청 쪽에서 나는 총소리를 듣던 밤, 이튿날 커다란 방수 모포에 주검을 실어 나르던 계엄군의 모습, 그리고 학교와 관공서와 상점들이 문을 열던 것, 분수대의 물을 잠가달라고 도청 민원실에 계속 전화를 하던 그녀 자신의 모습까지. 은숙은 그때 죽은 이들의 장례가 온전히 치러지지 못했으므로 자신의 삶이 장례식이 되었음을 고백한다. 검열로 삭제된 희곡이 공연될 때, 은숙은 배우들의 입 모양으로만 대사가 전달되는 무대를 바라보며 동호의 죽음을 생각한다.

4장: 「쇠와 피」

'나'는 1980년 당시 23세였으며, 교대 복학생으로서 초등학교 교사가 되는 것이 목표였다. '나'는 항쟁 당시 소회의실 조원들을 지휘했으며 마지막 날 도청에 남았다가 계엄군에게 체포되어 수감 생활을 한다.

출소 후 학교를 그만두고 가족의 도움으로 살아가다가 택시 운전을 한다.

1990년, 10년이 흐른 후의 한 인터뷰에서 '나'는 1980년 5·18 당시와 체포된 후에 겪은 일을 증언한다. '나'의 이야기는 주로 김진수와 이어져 있다. 항쟁의 마지막 밤 소년 동호에게 항복하라고 말하는 진수의 모습, 계엄군의 발포와 시민들의 무장, 그때 빛났던 양심의 힘, 결코 계엄군을 향해 총을 쏘지 않았던 시민군들, 형언할 수 없이 참혹한 고문과 학대를 당하면서도 끝내 인간성을 잃지 않던 어린 영재의 모습, 그리고 트라우마에 시달리다가 자살로 삶을 마감한 진수가 죽을 때까지 간직했던 사진 속의 소년 동호가 어떻게 죽었는지까지.

5장: 「밤의 눈동자」

2001년 현재 '당신(선주)'은 43세이다. 당신은 중학교 졸업 전부터 노동자로 살았다. 광주에서 미싱사로 일하다 21년 전 스물두 살의 나이로 5·18을 겪었다. '당신'은 은숙, 진수, 동호와 함께 희생된 사람들의 시신을 관리했으며 항쟁의 마지막 날 체포되어 모진 고문을 당하고 복역한다. 현재 '당신'은 환경 관련 시민 단체에서 일하고 있다.

'당신'은 '당신'이 겪은 일을 증언해 달라는 윤의 부탁을 받는다. 그리고 성희 언니가 투병 중이라는 사실도 알게 된다. '당신'은 휴대용 녹음기에 증언을 녹음할 것인지를 두고 망설이다 성희 언니가 입원한 대학병원으로 간다. 달이 떠 있는 저녁 7시부터 다음 날 새벽 5시까지 '당신'은 지난 일들을 회상한다. 노조 운동으로 경험한 경찰의 폭력과 해고, 차마 입에 담을 수 없는 무지막지하고 치욕적인 고문을 당한 일[6], 그 일로 인한 끔찍한 고통을 이해하지 못하는 성희 언니와의 절연, 의사가 되고 싶었던 정미의 사연, 죽으려고 돌아간 고향 광주에서 동호의 죽음이 담긴 사진을 보고 고통과 분노의 힘으로 살기로 한 일. 다시 같은 상황이 주어진다면 똑같은 선택을 하게 될지도 모른다는 '당신'의 생각……. 그리고 마침내 달빛이 사라질 여름날 새벽, '당신'은 성희 언니가 죽지 않기를 간절히 바란다.

6장: 「꽃 핀 쪽으로」

'나'는 동호의 어머니다. 30년 전 5·18 당시 막내 동호를 잃었다. 서울 사는 큰아들과 광주에서 학원 강사로 일하는 둘째 아들이 있으며, 평생 병치레를 하던 순한 남편은 1983년 세상을 떴다.

동호를 잃은 후 뼛속까지 심장까지 차가워진 '나'는 환상처럼 잠시 다녀간 동호를 생각한다. 항쟁의 마지막 밤을 앞두고 동호를 찾으러 도청에 갔다가 자칫하면 다른 아들까지 잃어버릴 봐 발걸음을 돌린 것이 평생의 한이다. 정대를 찾다가 동호가 죽었다는 생각에 정대와 정미를 원망하려다가도 그렇게 하면 큰 죄를 짓는다고 여긴다. 그러던 중 살인자, 군인 대통령이 광주에 온다는 말을 듣고부터 '나'는 살인자와 맞서 싸우며 동호의 억울함을 풀려고 있는 힘을 다한다. 서른 살에 낳은 아들 동호의 성장 과정을 떠올리면 한없이 소중하고 귀한 아들이다. '나'의 기억 속 여섯, 일곱 살 된 동호가 '나'의 손을 이끌며 꽃 핀 쪽으로 가자고 말한다.

에필로그: 「눈 덮인 램프」

'나'는 어릴 적 살다 떠나온 광주 중흥동 집에 새로 이사와서 살던 동호와 평범한 사람들의 죽음을 어른들이 소리 낮춰 이야기하는 것을 듣는다. 아버지가 책장에 거꾸로 꽂아 놓은 사진집을 보고 '나'의 연한 부분이 소리 없이 깨어지는 경험도 한다. 세월이 흘러 '나'는 작가로서 상무관, 중흥동 집, 전남대학교 5·18 연구소와 5·18 문화 재단, ㄷ중학교 등을 다니면서 동호의 자취를 더듬는다. 5·18 관련 자료를 읽는 동안 악몽에 시달리기도 하지만 끝내 동호의 이야기를 쓰기로 하고 그의 형에게 허락을 구한다. 그리고 그의 형으로부터 더 이상 자신의 동생을 모독하지 못하도록 써 달라는 간곡한 청을 듣는다.

▼ 무력으로 전남도청을 점령한 후의 계엄군들. 계엄군들이 향하고 있는 곳이 당시 전남도청이고 뒤편 14시 방향에 있는 건물이 상무관으로, 전남도청과 상무관은 길 하나를 사이에 두고 있다.(사진: 이창성/5·18 기념 재단 제공)

학살과 저항 – 5·18 민주화 운동

1980년 5월에 일어난 5·18 민주화 운동에 관해 여러분은 얼마나 알고 있나요? 이 소설은 5·18 민주화 운동이라는 역사적 사건을 배경으로 하기에, 그 사건을 어느 정도 알고 있어야 작품을 제대로 읽어 낼 수 있습니다. 5·18 민주화 운동에 관해 차근차근 알아봅시다.

1979년 10월 26일, 군사 쿠데타로 집권하여 무려 18년 동안 독재자로 군림하던 박정희는 부하인 김재규의 총에 맞아 세상을 떠납니다. 갑작스러운 권력의 공백을 메운 것은 그해 12월 12일 군사 쿠데타를 일으켜 권력을 장악한 전두환 보안 사령관이었습니다. 그러나 긴긴 세월 군사 독재에 시달렸던 국민은 또다시 군부가 집권하는 것을 원하지 않았습니다. 전국의 대학을 중심으로 전두환 신군부의 퇴진과 민주화 실현을 요구하는 대대적인 시위가 벌어집니다. 그 시위가 최고조에 달했던 1980년 봄을 역사는 '민주화의 봄'이라는 이름으로 기억합니다.

그렇게 민주화를 향한 국민의 열망이 뜨겁게 끓어오르던 그 시점, 군부 집단은 1980년 5월 17일 자정을 기해 비상계엄을 전국으로 확대하고 모든 대학에 휴교령을 내렸으며 대학 교정마다 계엄군을 배치하여 대학생들의 저항을 원천 봉쇄해 버립니다.

그러나 바로 다음 날인 5월 18일 전국에서 유일하게 광주 전남대학교에서만 200여 명의 학생들이 계엄군을 상대로 시위를 벌이는데, 이것이 5·18 민주화 운동의 서막이었습니다. 이날 계엄군은 학생들뿐만 아니라 시위와 무관한 시민들에게까지 무자비한 폭력을 행사했습니다.

그 와중에 청각 장애가 있어 말을 하지 못하는 시민[7]이 계엄군의 폭행으로 사망하는 일이 발생합니다. 이러한 상황을 목격하고 분노한 시민들이 참여하면서 시위의 규모가 커집니다.

5월 21일, 광주에 있던 전남도청 앞에는 수십 만 군중이 모여서 "비상계엄 해제하라, 전두환은 물러가라, 김대중을 석방하라!" 등의 구호를 외치며 계엄군과 대치합니다. 그리고 바로 이날 오후 1시 공수 부대원들의 집단 발포로 많은 시민들이 현장에서 목숨을 잃거나 큰 부상을 당하는 등 사태가 걷잡을 수 없이 커집니다. 급기야 시민들은 경찰서 무기고 등에서 총기를 확보하여 자체 무장에 나섰습니다. 시민군을 조직한 것이지요. 시민들의 저항에 계엄군은 일시적으로 광주에서 완전히 철수합니다. 그날부터 중무장한 계엄군이 다시 광주에 진입한 5월 27일 새벽까지 인구 80만의 광주는 시민들 스스로 질서를 세워서 꾸려가는 도시가 됩니다. 그 기간 700군데가 넘는 광주 시내의 은행과 금융 기관을 상대로 한 범죄가 단 한 건도 일어나지 않았습니다.[8] 시민들은 먹을 것을 나누고 자발적으로 헌혈을 해서 부상자들을 치료하며, 서로 위로하고 협력하는 훌륭한 공동체를 만들어 냅니다. 그러나 압도적 무력을 가진 계엄군은 5월 27일 새벽 다시 광주에 진입해서, 최후의 항전을 다짐하며 전남도청 등을 지키고 있던 시민군들을 사살하고 체포합니다. 이로써 광주와 전라남도 일대에서 일어난 당시의 신군부의 학살과 시민들의 저항은 일단 막을 내립니다.

신군부는 체포된 시민들에 대한 비인간적 고문, 희생자들의 시신 유기, 간첩 조작 등 갖은 악행을 저지르고, 많은 사람을 공산주의자로 낙인찍거나 폭도로 규정하여 의로운 시민들을 모욕하고 진상을 은폐하려 합니다.

전두환 정권은 광주의 진상이 알려지는 것을 막으려고 전국의 대학에 사복 경찰을 대거 투입하고, 수많은 학생을 연행하여 고문하고 투옥하거나 강제로 군에 입대시키는 등 온갖 수단을 동원하였습니다. 그러나 진실을 향한 국민의 열망을 근본적으로 차단할 수는 없었습니다. 5·18의 진실을 알리려는 치열한 투쟁과 많은 사람의 피땀 어린 노력의 결과, 1988년 국회에서 열린 광주 청문회를 통해 5·18 민주화 운동의 충격적 진실을 온 국민이 알게 되었습니다. 그 후 1995년에 「5·18 민주화 운동 등에 관한 특별법」(약칭: 「5·18 특별법」)이 제정되었고, 1997년 4월 17일 대법원에서 전두환 무기 징역, 노태우 징역 17년 등의 형이 확정되어 학살 책임자들에 대한 법적 처분이 이루어집니다.

하지만 대법원의 판결이 있던 그해 겨울 대통령에 당선된 김대중은 영호남 화합과 5·18 문제 해결을 위한다는 명분으로 전두환, 노태우 사면을 당시 김영삼 대통령에게 건의하여 관철시켰습니다. 이로써 사법적 심판을 받은 전두환, 노태우 등은 얼마 되지 않아 정치적 사면을 받고 풀려납니다. 국민은 그들이 반성하고 5·18의 진상을 밝히기를 기대했습니다. 그러나 기대와 달리 그 범죄자들은 반성하지 않았습니다. 오히려 광주의 정신을 폄훼하고 모욕하기를 주저하지 않았지요. 그런 사회 분위기 속에서 5·18 민주화 운동의 정통성을 부정하고 모욕하는 행태를 보이는 자들의 말과 행동이 오늘날까지도 끊임없이 이어져 오고 있습니다.

정의는 가까스로 승리하고, 진실은 겨우겨우 밝혀진다고 합니다. 바로 5·18 민주화 운동의 진실은 겨우겨우 밝혀져 왔고, 학살자와 범죄자들에 대한 역사적 단죄로 정의를 세우는 일은 가까스로 진행되고 있습니다. 아직도 발포 명령자가 누구인지가 명백하게 밝혀져 있지 않습니다. 그러나 아무리 '가까스로'와 '겨우겨우'라지만, 진실은 밝혀지고 정의는 바로 서고야 말 것입니다.

'우리'와 '우리 군대'의 애국가와 태극기

올림픽이나 월드컵과 같은 국가 대항 스포츠 무대에서나 국가 간의 정상 회담에서는 반드시 국기(國旗)와 국가(國歌)가 등장합니다. 국기와 국가는 그 나라와 그 나라의 정통성을 상징합니다. 「대한민국 국기법」 제4조는 "대한민국의 국기는 태극기로 한다."라고 규정하고 있습니다. 그리고 헌법과 법률상의 규정은 없지만 애국가가 국가로 인식된다는 사실을 부정할 사람은 아무도 없습니다.

시위 현장에서 동호는 금방 울음을 터뜨릴 듯이 정대에게 우리 군대가 총을 쏘았다고 중얼거립니다.

1980년에 중학교 3학년 학생이었으면, 초등학교에서부터 고등학교 시절까지 해마다 '위문 편지'라는 것을 썼던 세대입니다. 대개 첫머리를 '국군 장병 아저씨께'로 시작했던 그 편지는 우리를 위해 나라를 지키는 국군 장병들을 향한 감사의 마음으로 채워졌어요. 그러니 그 시절 학생들은 국군에 대한 절대적 믿음을 갖고 있었다고 할 수 있지요. 그런 '우리 군대'가 '우리'를 향해 총을 쏜 것입니다. 한두 병사가 우발적으로 잘못 방아쇠를 당긴 것이 아니라, 정규군의 지휘 명령 체계에 따라 옥상에 저격수까지 배치한 상태에서 일제 사격을 한 것입니다. 그

총격에 가장 친한 친구 정대가 쓰러졌어요. 쓰러진 사람들을 구하러 가던 사람들마저 조준 사격에 쓰러지는 상황에서 동호는 쓰러진 정대에게 가지 못하고 겁에 질려 서둘러 현장을 떠납니다.

중학교 3학년, 소년 동호는 감당하기 어려운 혼란을 겪었을 것입니다. 그래서 그는 절박하게 묻는 것입니다. 왜 군인들이 죽인 사람들에게 애국가를 불러 주고, 죽은 그들의 시신을 태극기로 감싸는지.

이 질문에 대한 1980년 당시 은숙의 답은 명확합니다. 우리가 정통이고 그들이 반란군이기 때문이라는 것입니다. 무자비한 폭력을 휘두르고 총을 쏘아 시민을 죽이는 계엄군을 정당한 국가 권력을 행사하는 국군으로, '나라'로 인정할 수는 없다는 것입니다. 만약 그들을 정당성과 정통성을 갖춘 '나라'로 인정한다면 그에 맞서다 죽었거나 맞서 싸우는 시민들은 '반역자', '폭도'가 될 수밖에 없습니다. 오히려 권력 찬탈을 위해 군대를 동원한 그들이야말로 반역자이고 폭도이며 내란 범죄자라는 것입니다. 애국가와 태극기가 가진 정통성, 그것이 우리에게 있다고 은숙은 주장하는 것입니다. 그렇게 주장하고 그렇게 인식해야 그들과 맞서 싸울 수 있지요. 1980년 5월 그때 거기 있던 많은 사람의 마음이 그랬을 것입니다.

한편 선주의 대답은 은숙의 대답과는 사뭇 다른 느낌을 줍니다. 선주는 시신을 태극기로 덮고 묵념을 하고 애국가를 부른 것은 죽은 자들이 도륙된 고깃덩어리가 아니라는 것을 보여 주기 위한 것이었다고 합니다. 선주의 이 말에는 계엄군에 대한 원한과 분노도 '우리'의 정당성에 대한 열렬한 믿음도 드러나지 않는 것 같습니다. 이 말에서는 그저 "우리는 인간이다."라는, 최소한의 존엄성을 지키려는 절박함만이 느껴집니다. 그렇지만 선주의 대답이 패배자의 것은 아닙니다. 선주는 그해 봄과 같은 상황이 다시 온다면 비슷한 선택을 할지도 모른다고 생각하고 있기 때문입니다.

선주의 이 말은 항쟁이 일어난 지 22년이라는 세월이 흐른 뒤에 나온 것입니다. 세월은 사람의 내면을 깎고 다듬어 결코 망각해서는 안 될 알맹이를 남깁니다. 22년이 흐른 뒤 선주는 항쟁이 한창이던 그때 '우리'가 느꼈던 뜨거운 분노와 정의감의 저변에 무엇이 있었는지를 말하는 것입니다. 그것은 언제 어디에서든 결코 빼앗겨서는 안 될 인간 존엄성의 가치입니다. 5·18 당시 총칼을 가진 군대는 시민의 인권과 인격을 철저히 짓밟았고, 시민은 그것을 지키기 위해 필사적인 노력을 기울였습니다. 그리고 그 대가는 죽음과 체포와 고문과, 그 뒤로도 오랫동안 덧씌워진 누명과 모독이었습니다. 아직 '그때'의 일을 증언하기 위해 녹음기의 버튼을 누르지 못하는 선주의 고통은 지금도 진행 중입니다. 그럼에도 그녀가 똑같은 상황이 온다면 비슷한 선택을 할지 모른다고 생각하는 것은, 인간으로서 최후의 존엄이 파괴되는 상황을 받아들일 수 없다는 것입니다. 그렇기에 선주에게 태극기와 애국가는 인간 존엄의 최저선이라 할 수 있을 것입니다.

소년 영재의 이야기에서 우리는 태극기와 애국가에 대한 가장 극명한 상징을 봅니다. 항쟁 마지막 날 도청에서 체포된 사람들은 끔찍한 고문과 학대를 당합니다. 그들은 짐승만도 못한 취급을 받는 존재가 되어서 스스로를 더럽고 냄새나는 오물들 속에서 썩어 가는 살덩이로 여길 지경이 됩니다. 그런 그들이 재판을 받습니다. 높은 법대 위에 재판관이 앉고 그 재판관 뒤로 태극기가 걸려 있었을 그 재판정은 급조된 것이었습니다. 끽소리만 내도 총살이라고, 최후 진술은 1분 내로 하라고 군인들이 위협을 가합니다. 한때 계엄군에 맞서 싸운 용감한 시민들이, 모멸감과 두려움에 떠는 비천한 존재로 내던져진 그 재판정에서 소년 영재가 소리 죽여 흐느끼듯 애국가를 부릅니다. 그것은 "나는 인간이다!"라고 외치는, 목숨을 건 선언입니다. 그 노래가 합창으로 변해 가면서 재판정의 '우리'는 더 이상 썩어 가는 살덩이가 아니라 존엄한 인간이 됩니다. 끽소리만 내도 총살하겠다고 위협하던 군인들이 그 노래를 제지하지 못한 것은, 애국가와 태극기의 정당성이 '우리'에게 있다는 것을 분명하게 보여 줍니다.

그날 그 재판정에서 아무도 애국가를 부르지 않았다면, 그날 그 마지막 항쟁의 날에 아무도 도청에 남지 않았다면, 그날 그 계엄령의 첫날에 아무도 민주주의를 위해 목소리를 내지 않았다면, 지금 이 땅의 사람들이 누릴 인간 존엄, 자유, 민주주의는 없었을 것입니다. 소년 영재가 눈물로 시작한 애국가는 선주와 은숙의 대답을 하나로 휘감아 5·18 민주화 운동, 그 항쟁이야말로 인간이 존엄하게 대우받는 나라에 대한 시민의 열망이 만든 것임을 웅변합니다.

소년 동호, 도청에 남다

4장 「쇠와 피」에서 '나'는 마지막까지 도청에 남습니다. '나'는 당시 아무도 도청을 지키지 않고 총기를 쌓아 놓은 채 철수했다면, 계엄군의 총구는 시민을 겨누었을 것이라고 생각합니다. 그러니 마지막 날 도청을 지킨 시민군들의 죽음은 수백 수천 곱절의 목숨을 대신한 것이었다는 말입니다.

처음에 동호는 정대의 시신을 찾기 위해 도청 민원실을 찾습니다. 거기서 은숙과 선주를 만나서 시신을 관리하는 일을 돕게 되지요. 당장 부족한 일손도 돕고 혹시나 정대의 시신을 찾을지도 모른다는 기대가 있었겠지요.

어린 동호에게는 정대가 총에 맞았다는 사실, 그래서 정대가 죽었을지도 모른다는 사실, 나아가 살았든 죽었든 정대를 찾지도 못하고 있다는 사실이 꿈보다 더 무서운 생시였습니다. 동호는 정대가 총에 쓰러진 것을 보고서도 저격수의 눈에 띄지 않을 곳을 찾아 현장을 떠났지요. 그래서 정미 누나가 와서 친구로서, 사람으로서 어떻게 그럴 수 있느냐고 다그칠 생각을 하면 너무나 괴롭습니다. 그러나 동호는 시신을 관리하는 일을 하는 마지막 날까지 정대의 시신을 찾지 못합니다.

그렇지만 동호가 마지막 날 도청에 남은 것은 정대를 찾아야겠다는 생각 때문만은 아닙니다. 은숙 누나가 마지막 날 도청에서 동호를 발견하고 함께 나가자고 했을 때 동호는 달아나는 것이 살길인 것처럼 계단으로 날쌔게 달아납니다. 그런 동호의 행위를 보면 그가 도청에 남은 것은 철저히 자발적이고 의지적인 결단의 결과임을 알 수 있습니다. 그렇다면 동호의 그런 결단은 어디에서 온 것일까요?

동호는 친구 정대만을 기다리는 것이 아니라, 세상이 크게 잘못되어 있다고 자각하면서 눈앞에서 벌어지는 일을 바라봅니다. 그리고 '우리'

가 '우리나라 군대'와 '태극기와 애국가'를 공유할 수 없게 되어 버린 비정상적인 상황을 깊이 인식하는 것입니다.

4장에서 '나'는 군인들의 압도적인 힘만큼 강력한 '양심'에 관해 이야기합니다. 두려움과 죽음에 대한 공포를 초월한 느낌 말입니다. 그것은 자기 자신이 '완전하게 깨끗하고 선한 존재가 되었다는 강렬한 느낌'입니다. '나'는 그날 도청에 남았던 '어린 친구들'도 그 '양심'의 이끌림을 받았을 거라고 말합니다. 동호 역시 마찬가지였을 겁니다.

동호는 스스로를 몹시 비난하고 있었습니다. 총에 맞아 쓰러진 사람이 정대가 아니라 형들이나 어머니나 아버지였다 해도 두고 달아났을 거라고 자책을 하고 있던 터였지요. 그리고 항쟁의 마지막 밤을 앞두고 아들과 손녀의 시신을 찾으러 온 노인을 마주 보고 그 누구도, 자기 자신마저도 용서하지 않겠다고 동호는 다짐합니다.

그것은 살아 있는 동호가 내뱉은 마지막 마음의 언어였습니다. 함부로 무고한 사람들을 폭행하고 죽이는 그들을 용서하지 않는 것에서 나아가 그들과 결연하게 맞서지 않는 자신을 용서하지 않겠다는 다짐이지요. 거기에는 타협이나 물러섬이 있을 수 없습니다. 지극히 순정한 양심 선언입니다.

그런데 우리를 너무나 슬프게 하는 것은 은숙이 본 동호의 마지막 모습입니다. 동호는 살고 싶어서, 무서워서 눈꺼풀을 떨고 있었습니다. 그날 동호는 자신을 데리러 왔던 어머니의 모습, 따뜻한 가족이 둘러앉은 저녁 밥상을 떠올리며 도청을 떠날지 말지를 고민했을 겁니다. 그리고 동호의 최종 선택은 도청에 남는 것이었습니다. 죽음에 대한 공포에 떨면서도 양심의 명령에 따른 것이지요. 그 어린 소년이 말입니다.

만약 동호가 총에 맞지 않고 살아남아 체포되었다면 어떤 모습이었을까요? 작가는 그 답으로 영재라는 인물을 제시한 것 같습니다. 영재는 콩나물 건더기를 두고 서로를 미워하던 사람들을 향해, 우리 모두가 죽을 각오까지 했던 존재임을 상기시킵니다. 그렇게 해서 모두를 각성하게 하였으며 재판정에서 소리 죽여 애국가를 부르는 것으로 우리 모두를 살아 있는 존재로 끌어올리기도 합니다. 동호와 영재, 순정한 그들의 양심이 항쟁의 마지막 날 그들을 도청에 있게 한 것입니다. 그리고 그들의 양심이 더 많은 광주 시민을 구하고, 광주 시민의 저항에 정당성을 부여한 것입니다.

왜 '소년'이며 왜 '온다'일까

왜 '소년'인가

　이 작품에 나오는 인물 가운데 '소년'이라고 할 인물은 '동호', '정대', '영재'를 들 수 있습니다. 세 사람 가운데 동호와 정대는 5·18 당시에 목숨을 잃었고 영재는 체포되어서 모진 고문을 당하고 그 후유증으로 고생하다가 훗날 정신 병원에 입원합니다.

　상무관에서 은숙이 건네준 카스텔라를 맛있게 먹는 동호의 모습은, 울면서 카스텔라를 먹고 싶다던 열여섯 살 동갑내기 영재의 모습과 이어져 그들이 아직 어린 학생임을 보여 줍니다. 이 작품의 실제 주인공인 문재학의 주검을 촬영한 사진에는, 문재학과 그의 친구 안종필의 시신 옆에 먹다 남은 빵 조각이 흩어져 있습니다.[9] 인생에서 소년 때만큼 먹고 먹어도 배고플 때가 또 있을까요.

키가 더 크고 싶고, 팔굽혀 펴기도 잘하고 싶고, 언젠가 자신과 함께 할 여자를 상상해 보고, 친구와 함께 자전거 페달을 있는 힘껏 밟으며 천변을 쌩쌩 달리고, 누나가 쪄 주는 햇감자를 후후 불어 가며 맛있게 먹고, 엉뚱한 말과 표정으로 무서운 담임 선생마저 폭소를 터뜨리게 하는……. 이 모든 것은 '소년'일 때만 가능한 것들이지요. 인간의 삶에서 이때만큼 삶의 기운이 명랑하고 활기찰 때가 또 있을까요.

'소년'의 때는 이처럼 삶의 에너지가 가장 왕성하고, 미래에 대한 꿈과 희망이 가장 찬란하게 빛나는 시절입니다. 그래서 '소년'은 그가 사는 사회의 미래이자 가능성이라는 것을 사회 구성원 모두가 잘 알고 있습니다.

그런데 어느 순간, 부당한 폭력이나 전쟁과 같은 상황으로 인하여 그 '소년'이 살아갈 앞날이 갑자기 사라져 버립니다. 그와 같은 '소년'의 죽음은 너무나도 크나큰 집단적 분노를 불러일으킵니다. 그래서 그 죽음에 원인을 제공한 자들에게 준엄한 책임을 묻고, 다시는 그런 일이 발생하지 않도록 하는 사회적 공동 책임이 광범위하게 공유됩니다. 황산벌에서 죽은 화랑 관창까지 갈 것도 없이 4·19 혁명의 도화선이 되었던 열여섯 살 김주열의 죽음이나, 6월 항쟁의 기폭제가 되었던 박종철·이한열 열사의 죽음, 최근 태완이법과 민식이법 등 꽃피지 못하고 죽은 이들에 대한 사회적 분노와 책임이 부각된 예들은 얼마든지 있습니다.

동호와 정대와 영재는 모두 열여섯 소년들이었어요. 하루하루가 즐겁고 신기한 일들로 가득하고, 먼 훗날을 생각하며 가슴 뛰는 오늘을 씩씩하게 살아가던 아이들이었지요. 5·18의 가해자들은 그 '소년'들의 일상을 무참히 짓밟아 죽이고 고문하는 만행을 저질렀습니다. 그들은 반드시 그 책임을 져야 하고 우리 사회는 소년들의 억울한 희생을 기억해야 할 공동의 책임을 져야 합니다. 그것이 바로 '소년'이 지금, 여기로 오는 까닭입니다.

왜 '온다'인가

'온다'라는 말은 공간적으로는 '여기'로 오는 것이며, 시간적으로는 '지금' 오는 것입니다. 따라서 '온다'는 것을 달리 말하면, '지금 여기로 온다'는 것입니다.

이 작품의 각 장은 모두 소년 동호를 생각하는 인물의 이야기입니다. 5·18 당시부터 5년, 10년, 20년, 30년…… 각기 다른 방식으로 5·18을 경험한 인물들 각자가 처한 삶의 조건과 상황에 비추어 동호의 삶과 죽음이 가진 의미가 오는 것이지요. 2025년 올해는 그들 모두에게 45년 전의 동호가 오는 것이지요. 자신의 삶과 죽음이 우리에게 어떻게 기억되고 있는지, 우리 사회에 어떻게 남겨져 있는지, 그것을 확인하려는 것처럼 말입니다.

5·18과 같은 일은 광주에만 있었던 일이 아닙니다. 베트남, 제주도, 보스니아에서처럼 인류의 역사를 조금만 살펴보더라도, 인간이 인간을 대상으로 행한 온갖 잔혹한 사건들을 수도 없이 많이 만날 수 있습니

다. 돈과 권력을 좇아 폭력과 살상이 수반되는 전쟁을 일으키기를 주저하지 않는 자들 또한 어느 나라 어느 시대 할 것 없이 존재했지요.

그렇지만 참혹한 전쟁의 폐허 속에서도 자신의 몸을 돌보지 않고 약자와 가난한 자들을 위해 숭고한 인간애를 실천하는 사람들이 있습니다. 그런 사람들 또한 전쟁광 살인마들이 만들어 내는 생명 파괴의 지옥 속에서 언제나 찾을 수 있습니다. 그것이 인간 세상, 곧 '지금 여기'입니다.

세계는 왜 이토록 폭력적이고 고통스러운가?
동시에 세계는 어떻게 이렇게 아름다운가?[10]

작가의 이 말은, 인간 세상에서 일상다반사로 벌어지는 생명 파괴와 그에 저항하는 인간의 순결한 양심의 현장을 표현한 것이지만, 우리 인간의 내면에도 적용할 수 있습니다. 피 흘리는 시민을 병원에 데려다 놓고 떠난 공수 부대원, 공중에 총을 쏘거나 시신들 앞에서 홀로 군가를 부르지 않던 병사의 모습……. 그것은 강요되는 폭력의 요구 속에서도 양심의 순결함을 지키는 아름다운 인간의 모습이었습니다. 총이라는 폭력의 도구를 가졌음에도 끝끝내 계엄군을 향해 그 총을 쏘지 않은 시민들 역시 아름다운 양심을 선택한 이들이었습니다. 이 작품에서 동호는 그 모든 인물들을 대표합니다. '소년'이지요. 그런 '소년'이 '지금 여기'로 옵니다. 지상에 존재하는 모든 광주에는 지금 이 순간에도 '소년은 오고 있는' 것입니다.

시점의 변주와 의미 구성

이 작품의 각 장은 시점과 초점 화자의 변주를 통해 이야기를 전개합니다.

1장 「어린 새」는 전지적 작가 시점으로 작품 전체의 중심인물인 동호를 2인칭으로 설정하여 전개됩니다. 2장 「검은 숨」은 1인칭 주인공 시점으로 총에 맞아 죽은 정대의 영혼이 화자로 등장하는 이야기입니다. 1장과 2장의 시간적 배경은 1980년 5월입니다. 3장 「일곱 개의 뺨」은 1985년이 그 배경으로, 5·18 당시 고3이었던 김은숙의 이야기를 전지적 작가 시점으로 그리고 있습니다. 4장 「쇠와 피」는 다시 1인칭 주인공 시점으로 5·18 당시 23세로 교대 복학생이었던 '나'가 1990년에 인터뷰한 내용을 실었습니다. 5장 「밤의 눈동자」는 1장과 같이 전지적 작가 시점으로 2인칭 '당신'을 주인공으로 이야기를 전개합니다. 시간적 배경은 2001년으로, 항쟁이 있은 지 21년이 지난 시점입니다. 6장 「꽃 핀 쪽으로」는 2010년의 이야기로, 동호의 어머니를 주인공으로 한 1인칭 시점으로 전개됩니다. 이와 같이 모든 장에 걸친 이야기는 각각의 고유한 이야기가 있지만 '동호'라는 하나의 인물을 중심으로 모이는 구조입니다. 이것을 표로 정리하면 다음과 같습니다.

구분	시점	주인공	핵심 내용	동호 이야기
1장 「어린 새」 (1980년 5월)	전지적 작가 (2인칭 '너'를 주인공으로 서술함.)	'너'(동호)	정대를 찾다가 도청에서 시신 관리를 도움.	정대를 두고 도망친 일에 대한 죄책감

2장 「검은 숨」 (1980년 5월)	1인칭 주인공	'나'(정대의 영혼)	총에 맞아 죽은 자신의 시신이 처리되는 과정	동호와 함께 한 추억, 동호의 죽음을 인식함.
3장 「일곱 개의 뺨」 (1985년)	전지적 작가	은숙	수사관에게 일곱 개의 뺨을 맞고 그걸 잊기로 하면서 과거를 회상함.	동호가 도청에 남는 장면, 항쟁이 끝난 후 방수 모포에 싸여 시신이 끌려가는 모습을 봄.
4장 「쇠와 피」 (1990년)	1인칭 주인공	'나', 진수, 영재	체포, 고문, 학대로 인한 트라우마, 진수의 자살	동호의 죽음을 목격함.
5장 「밤의 눈동자」 (2001년)	전지적 작가 (2인칭 '당신'을 주인공으로 서술함.)	'당신'(선주)	체포, 고문, 학대로 인한 트라우마와 성희 언니와의 갈등과 화해	동호의 시신 사진을 보고 살아갈 힘을 얻음.
6장 「꽃 핀 쪽으로」 (2010년)	1인칭 주인공	'나'(어머니)	동호의 출생부터 죽음, 그 이후까지 이어진 어머니의 기억	귀하고 소중한 아들의 명예를 되찾고자 함.
에필로그 「눈 덮인 램프」 (2013년)	1인칭 주인공	'나'(내포 작가)	동호의 이야기를 소설로 쓰게 된 내력	동호의 죽음에 관한 가족들의 이야기, 동호의 자취를 더듬으며 그 이야기를 쓰기로 함.

 1장은 주인공 '너'가 동호입니다. 그런데 동호의 이야기는 1장에서만 다루어지는 것이 아닙니다. 2장에서는 이미 죽은 정대가 동호의 죽음을 인지합니다. 3장에서는 마지막 날 두려움에 떨면서도 도청에 남는 동호의 모습과, 이튿날 방수 모포에 싸여 끌려가는 시신들의 모습이 은숙의 기억으로 서술됩니다. 4장에서는 죽은 동호의 사진을 간직하며 죄책감에 괴로워했을 진수의 내면과 '나'가 동호의 죽음을 목격한 순간을 보여 줍니다. 5장에서 선주는 동호의 시신 사진을 보고 절망 속에서 살아갈 힘을 얻고, 그날 동호를 집에 보내지 않은 죄책감에 괴로워합니

다. 6장의 어머니는 동호의 출생부터 죽음, 그 이후까지 어머니만 알 수 있는 모든 것을 이야기합니다. 에필로그는 내포 작가인 '나'가 이 소설을 쓰게 된 내력을 잔잔하게 들려줍니다.

1장에서 동호는 정미를 사춘기적 감수성이 흠뻑 묻어나는 호감의 대상으로 그립니다. 2장에서 정대는 사랑하는 누나 정미가 죽었음을 알고 있습니다. 그 정미는 5장에서는 언젠가는 공부해서 의사가 되고 싶어 하는 가냘픈 여공으로, 동생을 공부시켜야 하기에 노조 활동에 참여는 못하지만 동료 여공들의 흩어진 신발을 노조 사무실로 옮기면서 서럽게 우는 모습으로 그려지고, 마침내 성희 언니가 실종 소식을 전하면서 죽음이 확인되는 인물입니다.

1장에서 진수는 필요한 모든 일을 척척 들어 주는 존재로서 항쟁의 마지막 날 동호에게 집에 가라고 합니다. 3장에서는 항쟁 마지막 날 세 사람을 제외한 여자들을 설득해서 귀가시키며 그들을 바래다 주기도 합니다. 도청에서 체포되어 극악한 고문과 학대에 시달릴 때 4장의 '나'와 진수는 같은 식판으로 밥을 먹으면서 서로를 증오합니다. 그 증오는 상대의 모습에서 자신의 비참하고 더러운 꼴을 발견했기 때문일 것입니다. 출소 후에도 둘은 똑같이 학교를 그만두고 정상적인 직업도 가정도 갖지 못하고 자살 충동에 시달리며 살아갑니다. 그러다 영재가 영구히 정신 병원에 있게 되자 진수는 스스로 목숨을 끊습니다.

이와 같이 특정 인물의 이야기를 다양한 시각에서 제시하는 방식으로 작가는 이야기를 구성해 갑니다. 선주의 이야기는 1, 3, 5장, 동호의 어머니와 작은형의 이야기는 1, 6장과 에필로그의 내용을 재구성하면 전체적인 윤곽을 잡아 인물을 더욱 입체적으로 이해할 수 있습니다.

작가는 시점을 변주하고, 인물들의 이야기를 여러 에피소드에 분산해서 배치함으로써 인물들을 더욱 깊이 있게 그려 내고, 작품을 읽는 내내 독자로 하여금 긴장을 유지하게 합니다.

인물들의 개별성과 동질성

작가는 『소년이 온다』에 등장하는 모든 인물을 철저히 개인으로 독립하여 다루고 있습니다. 이념이나 처지나 신분 등에 따라 인물의 성격을 유형화하지 않는다는 뜻입니다. 4장 「쇠와 피」에서 '나'가 진수와 자신은 비슷한 경험을 했어도 그것은 결코 동일하지 않다고 말하는 것이 대표적인 장면입니다.

정대를 두고 도망친 자신을 자책하며, 엄청난 폭력 앞에서 비겁한 자신을 더 이상 용서하지 않겠다는 동호, 죽은 자신과 사람들의 몸이 함부로 다루어지고 불태워지는 과정을 말하는 정대의 영혼, 5년이라는 시간이 지난 후까지도 이어지는 국가의 폭력을 이야기하며 동호의 죽음에 대해 죄책감을 갖고 살아가는 은숙, 고문과 학대와 그로 인한 트라우마에 시달리는 진수와 자신의 이야기를 풀어놓는 '나', 노동자로서, 여성으로서, 항쟁의 가담자로서 잔인하게 짓밟힌 경험을 가졌으며 그 고통에 대해 어떤 위로의 손길도 받아 본 적 없는 선주, 자식의 죽음을 평생 안고 살아가는 어머니.

이들은 이렇게 각자의 고통을 생생하게 느끼는 개성적인 인물로 그려지고 있습니다.

그러나 이들이 모두 개별화되어서 그 어떤 동질감이 존재하지 않는 것은 아닙니다. 이들 모두는 다른 인물들의 사연을 증언하는 존재로 역할을 하면서 고통에 대한 연민과 공감으로 큰 동질감을 획득하고 있습니다. 동호는 정대의 죽음을 증언합니다. 그리고 정대의 죽음에 대한 슬픔과 죄책감은 동호 자신의 죽음으로 이어집니다. 정대는 자신의 몸과 함께 버려지고 불태워지는 많은 사람들의 죽은 몸을 증언합니다. 비록 그들과 소통을 하지는 못하지만 그 모든 죽음이 슬프고 안타깝다는 깊은 공감을 자아내기에 부족함이 없습니다. 아울러 정대는 자신을 포함한 사람들의 주검이 다루어지는 모습을 통해 그들의 잔인한 야만성을 증언하며 또한 동호가 죽는 순간을 전합니다. 은숙은 도청에 남은 동호의 마지막 모습과 방수 모포에 싸인 시신들, 그리고 아직도 지속되는 국가의 폭력을 증언합니다. 그리고 혼자 살아남았다는 데서 오는 죄책감, 그것을 지니고 살아가야 하는 사람들의 내면도 증언합니다. '나'는 진수와 함께 겪은 비인간적인 고문과 학대, 영재의 순결한 양심, 동호의 최후를 증언합니다. 아울러 그날 '양심'을 갖고 싸웠던 사람들이 자살 충동과 정신 질환에 시달리며 살아야 하는 현실을 증언하기도 합니다. 선주는 5·18 이전 이땅의 여공들이 놓인 열악한 노동 현실을 증언합니다. 그리고 5·18의 피해자로서 증언을 요구받는 자체가 얼마나 큰 고통일 수 있는지, 그것이 얼마나 폭력적일 수 있는지를 증언합니다. 아울러 자신이 겪은 고문과 학대의 고통을 온전히 이해해 주지 않았지만, 성희 언니의 치열한 삶도 증언합니다. 어머니의 증언은 온통 동호를 향하고 있습니다. 온통 동호를 증언하지요. 그렇게 이 소설에 그려진 인물들은 크게 하나가 됩니다.

이때의 '하나'는 어떤 동질적인 집단의 구성원으로서 '하나'를 의미하는 것이 아닙니다. 5·18 민주화 운동은 한 사람 한 사람 모두 다른 삶의 배경과 가치관을 가지고 살아가는 존재들로 인해 가능했습니다. 그런 그들이 국가 폭력에 희생되는 이웃과 공동체의 고통과 절망에 공감하고 그 문제를 해결하기 위해 나섬으로써 동질성을 획득한 것이지요. 『소년이 온다』는 바로 그러한 점에서 인물들의 개별성과 동질성을 매우 훌륭하게 조화시킨 작품이라고 생각할 수 있습니다.

어머니의 마음 '꽃 핀 쪽으로'와 이탤릭체

한강의 소설에서 두드러진 특징은 이탤릭체로 쓰인 문장들이 있다는 점입니다. 작가는 이탤릭체 사용에 대한 자신의 생각을 다음과 같이 밝힙니다.

이탤릭체를 쓰는 것도 고안을 했다기보다는 쓰다가 쓰다가 감정의 밀도가 차오르면 정자체로는 이를 담을 수 없어서 이탤릭체로 기울여 쓰게 된다.[11]

『소년이 온다』는 무자비한 국가 폭력에 희생되고, 고통받고, 저항하는 사람들의 이야기를 다루고 있습니다. 그러니까 자연스럽게 감정의 밀도가 차오르는 장면들이 많을 수밖에 없어요. 그래서 인물이 깊은 고통과 절망을 겪거나, 그것을 견디고 이겨 나가는 장면에서 고양되는 감정의 요동은 작가의 내면을 돌아나와서 이탤릭체로 쓰였어요.

항복을 하겠노라고 두 팔을 들고 나오는 소년들을 향해 총을 난사한 장교가, 자기가 저지른 그 일을 두고 영화 같지 않으냐고, 욕설을 섞어서 묻는 장면이 있습니다. 그 장교는 월남에서 베트콩을 죽인 것을 자랑삼는 사람입니다. 이 대목을 이탤릭체로 쓰면서 작가의 마음 깊은 곳에 머물렀을 슬픔과 고통과 분노가 얼마나 컸을지를 생각합니다. 살인 장면, 그것도 어린 소년들을 총으로 쏘아 죽이는 장면이었어요. 그 장교의 말마따나 영화 같은, 비현실적 상황입니다. 그런데 시민의 입장에서 이런 충격적인 장면은 '영화에나 나올 상황'이지만, 그 장교의 입장에서는 '자기의 무용담이 펼쳐지는 상황'인 것이지요. 총으로 무장한 군인들과, 무력한 개인인 시민들이 느끼는 동일한 상황에 대한 인지 부조화, 작가는 그런 불균형하고도 비극적인 상황을 이와 같이 이탤릭체로 표현한 것입니다. 이와 같은 이탤릭체 표현은 이 작품 곳곳에서 발견할 수 있어요.

그런데 한 가지 눈여겨 보아야 할 게 있어요. 6장 「꽃 핀 쪽으로」에는 단 한 구절도 이탤릭체가 쓰이지 않았어요. 왜일까요. 이 장에는 세상에서 오직 어머니만이 알 수 있는 동호의 이야기가 서술되어 있습니다. 왜 어머니의 이 이야기에는 이탤릭체가 하나도 없을까요.

자식을 잃은 어머니가 주인공인 이야기라서, 태어나서 젖을 물리던 때부터 그 귀한 자식이 핏기 없는 시신이 되어 차가운 땅에 묻히던 이야기라서, 그 죽음의 공간에서 자식을 데리고 나오지 않은 자책으로 그 후의 삶을 살아온 이야기라서, 자식의 억울함을 풀기 위해 눈물겹게 싸워 온 이야기라서, 깊은 가슴 속 고통이 서리지 않은 구절이 하나도 없는 슬픈 이야기라서, 모든 구절에 감정의 밀도가 이미 차올라 있는 이야기라서, 그래서 어머니의 이야기 전체를 이탤릭체로 쓸 수는 없기 때문에, 역설적으로 그 모든 문장을 정자체로 쓴 거 아닐까 싶어요. 어떤가요? 피를 찍어 쓴 글이라는 느낌이 들지 않나요? 그렇게 생각하고 다시 찬찬히 읽어 보면, 이 여섯 번째 이야기, 「꽃 핀 쪽으로」는 눈물 없이는 읽을 수가 없어요.

남은 이야기

중간고사를 치른 후 동호는 스매싱만 하는 정대와 큰소리로 웃으며 집 안에서 배드민턴을 칠 것이고, 밤늦게 집에 들어올 정미는 물에 찬밥을 말아 먹은 후 잠든 정대의 얼굴을 두 번 쓰다듬어 주고는 동호가 준 교과서로 검정고시 공부를 할 겁니다. 은숙은 다가올 대학 시험을 준비하느라 땋은 머리에서 곱슬곱슬한 잔머리가 삐져나와도 신경도 쓰지 않고 늦은 밤까지 열심히 공부하고 있겠지요. 교대에 복학한 '나'는 곧 고사리 손 아이들의 선생님이 될 미래를 꿈꾸며 도서관과 강의실을 오가며 공부하고 때로 여유 있게 대학 교정을 거닐 것이며, 서울에서 대학에 다니는 진수는 속눈썹이 길고 쌍꺼풀이 졌으며 피부가 하얀 데다 크고 작은 일 처리를 빠르고 정확하게 하는 꼼꼼한 성격으로 여학생들의 인기를 독차지할 겁니다. 선주는 매일매일 신문에 나오는 세상 일을 살피며 드르륵 드르륵 미싱을 밟아 야무진 솜씨로 옷을 만들고 있겠지요. 3년 동안이나 시다로 일하다 미싱사가 되었으니 손님들이 아주 만족스러워 할 겁니다. 어머니는 화단에 장미 넝쿨 우거진 집에서 식구들과 함께 먹을 저녁 밥상을 차리고 있을 겁니다. 환하게 웃으며.

그런 평범한 날들이었을 겁니다.

역사가 되기 전에는.

성경과 찬송가 책을 손에 든 신혼부부도, 자식과 손녀를 찾아 산을 넘었다는 노인도, 쓰러진 사람들을 향해 달려 나가다 다시 쓰러진 사람들도, 상무관에서 썩어 가는 것으로 시간의 흐름을 증명하던 슬픈 몸들도, 트럭에 태워져 어디론가 실려 가서 오갈 데 없는 영혼만 남긴 채 불타 버린 그 육신들도, 텅빈 광장을 가득 메우고 애국가를 부르던 사람들도, 끔찍하고 잔인한 고문과 학대의 기억으로 몸의 생명이 다할 때까지 매일매일 몸서리치는 고통을 겪으며 살아가야 하는 사람들도 모두 평범한 날들을 보내고 있었을 겁니다.

항쟁이 되기 전까지는.

그 일병들과 병장들, 그리고 옥상의 저격수들도, 월남에서 사람 죽인 일을 자랑삼던 그 장교도, 총을 쏘아 사람을 죽이라고 명령한 장군들도 어제 같은 오늘을 지내고 있었을 겁니다.

그들 모두가 역사 한가운데로, 저주받아 마땅한 학살의 현장으로 쏟아지기 전에는.

모든 싸움은 일상의 삶을 파괴합니다. 자연재해나 전쟁으로 일상이 파괴된 경우에는, 내부를 든든히 결속시키고 돈과 시간과 노력을 들여 다시 회복하면 됩니다. 문제는 일상의 파괴가 내부의 질서를 함부로 무너뜨리는 폭력에서 비롯될 때입니다. 5·18은 군대를 이끄는 일부 정치 군인들이 권력을 장악하기 위해 일으킨 내란이었습니다. 그들은 압도적인 폭력으로 아무 죄 없이 무력한 시민의 일상을 철저히 파괴했습니다. 그리고 너무나 오랫동안 그 부당한 파괴의 끔찍한 영향은 지속되었고, 그만큼 단죄는 철저히 이루어지지 못하였으며, 치유는 더디게만 진행되었습니다. 선주, 은숙, 4장의 '나'와 같은 인물들이 온전히 일상의 삶을 회복하지 못하고 고통받고 있는 것은, 5·18의 상처를 제대로 치유하지 못한 우리 사회 공동체의 책임이라 할 것입니다.

『소년이 온다』는 삶이 파괴된 사람들의 고통을 외면하지 않습니다. 비유나 상징의 영역으로 미루거나 말끝을 흐리는 방식으로 피해 가지도 않습니다. 『소년이 온다』는 오히려 모든 인물의 고통을 있는 그대로 드러내어 보여 줍니다. 그리고 그 고통을 직면한 독자는 한없는 참담함과 슬픔을 느낍니다. 그러나 그 참담함과 슬픔은 독자들 개개인의 내면에서 녹아 없어져 버리는 정서가 아닙니다. 고통을 직면함으로써 독자가 느끼는 모든 슬픔은 더 깊이 고통을 위로하고 상처 입은 사람들의 마음을 일으켜 세우는 묘약이 되며, 그러한 고통이 다시 생기지 않도록 하는 집단적 힘의 근원이 됩니다. 그래서 우리는 과거에 죽은 이들을 향해 손을 내밀어, 작가의 바람대로 함께 이 소설을 완성하는 주인공이 될 수 있습니다.

▲ 문재학의 묘(사진: 이진우)

05 흰

강정한

- 들어가며
- 예순다섯 개의 조각이 만들어 내는 한 편의 이야기
- 내면에서 길어 올린 섬세한 감성
- 가능성으로 열려 있는 '흰'
- 고통스러운 현실과 인간의 존엄
- 금빛 실로 연결된 한강과 '흰 도시'
- 남은 이야기

 **들어가며**

소설 『흰』의 표지에는 검은 바탕 위에 흰 깃털이 안개처럼 뽀얗게 떠 있고 한쪽에 '한강 소설 흰'이라는 흰 글씨가 찍혀 있다. 책을 펼치고 이야기를 하나하나 읽어 간다. 낯설고 새롭고 독특하다. 소설이 맞나? 시인가? 수필 아닌가? 이야기마다 섬세한 감성이 느껴진다. 한 장 한 장 느긋한 호흡으로 읽는다. 서두르지 않고 천천히 천천히 그렇게 읽다 보니 어느새 마지막 페이지다. 책도 작고, 글자 수도 적고, 여백도 많고, 군데군데 빈 페이지도 있고, 흑백 사진도 있어서 그런지 한강 작가의 소설치고는 내용이 아주 무겁지는 않다. 그런데 무엇을 말하려는 것인지…….

처음부터 다시 읽는다. 그러고 보니 1장 첫 번째 이야기에는 제목이 없다. 흰 것의 목록들, 그리고 이어지는 이러저러한 사정들. 어릴 적 시작된 면도날 같은 고통은 지금도 예고 없이 '나'를 엄습한다. 벼랑의 가장자리에서 한 발을 내딛는 마음으로 '나'는 위태롭게 살고 있다. 문득 시 한 편이 생각난다.

나무는 끝이 시작이다.
언제나 끝에서 시작한다.
실뿌리에서 잔가지 우듬지
새순에서 꽃 열매에 이르기까지
나무는 전부 끝이 시작이다.[1]

나무뿐 아니다. 시간은 시시각각 다가오며 끝없이 이어지고 우리 삶도 어디로 이어지는지 모른 채 끝없이 시작된다. 소설『흰』역시 다가오는 시간의 허공에 발을 디디듯 위태롭게 시작하고 있다. 이 소설은 허공을 밟으며 어디로 나아갈까? 계속 읽는다. 태어난 지 두 시간 만에 죽은 아기, '나'의 언니일 수도 있었던. 하지만 그 아기가 살았더라면 '나'는 …….

만약 나의 삶이 누군가의 죽음 덕분이라면, 내가 누군가의 삶을 대신 사는 것이라면 나는 마음이 어떨까? 나는 삶에 대한 근원적 부채감에서 벗어날 수 없을 것 같다. 그렇다면 어떻게 해야 할까? 그이는 이미 죽었는데 내가 그이에게 무엇을 해 줄 수 있나?

소설 속의 '나'는 그이를 기억하고 그이에게 자신의 삶을 내어 주고 그래서 그이를 살려 낸다. 이야기는 이렇게 천천히 앞으로 나아간다. 한 대목을 잡고, 한 장면을 두고, 한 문장을 읽고 자꾸자꾸 마음으로 되뇌게 된다. 생각하고 느끼는 것이 많아질수록 읽는 속도는 점점 느려진다. 천천히 천천히 더 천천히, 그렇게 마지막 페이지에 이른다.

뭐지? 이, 가벼우면서 무거운, 차가우면서도 따뜻한, 고통스러운데 희망적인, 연약하지만 단단한, 내면으로 파고드는 것 같은데 세상으로 넓게 열리는 이 소설은.

예순다섯 개의 조각이 만들어 내는 한 편의 이야기

작품의 줄거리

『흰』은 모두 3장으로 구성되어 있습니다. 1장은 「나」, 2장은 「그녀」, 3장은 「모든 흰」으로 구분되어 있고 그 속에 모두 예순다섯 개의 짧은 이야기가 담겨 있습니다. 이야기 사이사이에 아무 글자도 인쇄되지 않은 흰 종이가 나오기도 하고, 각 장이 마칠 때마다 흑백 사진이 몇 장 나오기도 합니다.

1장에는 열두 개의 이야기가 나오는데 작품의 서술자이자 인물인 '나'가 '흰 것'에 대해 쓰겠다고 마음먹은 사연으로 시작합니다. '나'는 '흰 것'의 목록을 만들어 놓고는 시작을 하지 못하고 미루어 둡니다. 그러다 다른 나라의 수도에서 몇 달을 지내면서 드디어 '흰 것'에 대한 이야기를 시작하기로 결심합니다. '나'는 지난봄 라디오 방송 녹음 중에 떠올렸던, 그렇지만 그때는 말하지 않은, 죽은 언니에 관한 사연을 되뇝니다. 얼굴이 달떡처럼 깨끗한, 태어난 지 두 시간 만에 죽은, 살았더라면 자신의 언니가 될 뻔했던 아기에 관한 이야기는 '나'의 어머니가 들려준 것이었지요. '나'가 살게 된 낯선 도시는 자신의 내면을 응시하도록 하는 곳이었고, 전쟁으로 파괴되었다가 재건된 곳이었고, 전쟁통에 희생된 수많은 사람의 영혼이 깃들어 있는 곳이었고, 그들의 죽음을 애도하는 일이 자연스럽게 이루어지는 곳이었지요. '나'는 어두운 거실에 누워 자신의 언니가 될 수 있었을 그 사람의 모습을 곰곰이 떠올려 봅니다. 그러면서 '나'에게 그 아기의 영혼이 때때로 찾아왔으리라 생각합니다. 이런 생각의 끝에 드디어 '나'는 그 아기의 영혼을 살려 내기로 합니다. 자신의 삶을 빌려줌으로써 말이죠.

　2장은 시점이 바뀝니다. 작품 밖의 서술자가 '그녀'가 경험한 '흰 것'들에 관한 마흔두 개의 작은 이야기를 들려줍니다. 그녀는 일곱 달 만에 첫서리가 내린 날 태어납니다. 첫 출산에다 집에는 아무도 없었고 미처 출산 준비를 할 겨를조차 없었던 젊은 엄마는 어찌어찌 아기를 낳아 배내옷을 입히고 강보로 싸서 자기 옆에 누입니다. 아기는 삶과 죽음의 경계를 넘나들다 새벽이 되기 전에 엄마의 젖을 빨아 넘깁니다. 아빠는 그녀에게 눈을 뜻하는 '설(雪)'이라는 글자를 넣어 이름을 지어 줍니다. 이렇게 그녀는 세상으로 나와 자라납니다. 아홉 살 때는 작은 배를 타고 바다로 나갔다가 멸치 떼가 반짝거리며 배 아래로 지나가는 장면을 보고 놀라워하고, 열 살 무렵에는 고모를 따라 커피숍에 가서 각설탕을 처음 먹어 보고 신기해하고, 대학생 때는 두 명의 동기를 사고로 떠나보내는 아픔을 겪기도 합니다. 스물다섯 살 여름에는 다니던 회사를 그만두고 고향 집에 내려왔다가 이웃집에서 기르던 짖지 않는 흰 개를 보며 마음 아파합니다. 그녀는 어린 시절부터 몸이 자주 아팠고 삶으로부터 버림을 받는 절망도 겪습니다. 그러면서 고통에 대해, 죽음에 대해, 삶에 대해, 삶의 의미에 대해, 그 밖의 여러 '흰 것'에 대해 생각하며 살아갑니다.

　3장은 시점이 다시 바뀌어 '나'를 서술자로 열한 개의 이야기가 이어집니다. '나'는 당신의 눈으로 보고 당신의 몸으로 걸으며 당신에게 흰 것만을 보여 주고 싶었으나 뜻대로 되지 않았음을 고백합니다. 여기서 '당신'은 2장의 주인공인 '그녀'이자 태어난 지 두 시간 만에 죽은 언니입니다. 어릴 적에 '나'는 마음 따뜻한 언니, 세심하게 동생을 감싸 주는 언니를 상상한 적이 있었지요. 하지만 만약 그런 언니가 있었더라면 정작 '나'는 세상에 존재하지 않았을지도 몰라요. 그리하여 '나'는 '언니'와, 그리고 '삶'은 '죽음'과 서로 연결되어 있음을 자각합니다. 그리고 '나'는 '당신'의 존재를 항상 느끼면서 살겠다고 마음먹으며 이야기를 마무리합니다.

작품의 구성 방식

『흰』의 구성 방식을 액자식 구성이라고 할 수 있습니다. 1장과 3장이 외부 이야기라면 2장은 내부 이야기라고 할 수 있겠지요. 외부 이야기는 작품 속 인물이자 서술자인 '나'를 중심으로, 내부 이야기는 '그녀'를 중심으로 전개됩니다.

1장에서 내적 갈등을 겪는 '나'는 2장에서 '그녀'에게 자신의 삶을 내어 주고, 3장에서 내적 갈등을 극복하는 '나'로 변화합니다. 이렇게 본다면 이 소설은 성장 소설이라고 할 수도 있겠습니다.

예순다섯 개의 작은 이야기는 인과관계로 연결되지 않습니다. 흰 것에 관한 각각의 이야기는 자유 연상 기법처럼 제시됩니다. 그리고 그 각각의 이야기들이 모여 하나의 완결된 작품이 이루어진 것이지요.

이러한 구성은 매우 독특합니다. 한강 작가는 1999년에 발표한 단편 소설에서 이와 유사한 형식을 시도한 적이 있었습니다. 「첫사랑」, 「바람」, 「푸른 산」, 「달빛」, 「어깨뼈」, 「자유」, 「목소리」, 「서쪽의 숲」, 「세월」을 작은 제목으로 달고 있는 독립된 짧은 이야기를 엮어 『아홉 개의 이야기』라는 제목으로 발표하였지요. 형식적인 면에서 『흰』은 『아홉 개의 이야기』에서 시도했던 소설의 구성을 좀 더 확장하여 장편으로 창작한 것처럼 보입니다.

여러분은 혹시 우리나라의 전통 조각보를 본 적이 있나요? 왼쪽 사진에서 보듯이 서로 다른 색깔과 모양의 헝겊 조각을 기워 붙여서 실용적이면서도 아름답게 만든 보자기가 조각보입니다. 『흰』의 구성을 '조각보 구성'이라고 이름 붙일 수 있을 것 같습니다. '흰 것'에 관한 서로 다른 이야기의 조각들을 기워 붙여 『흰』이라는 소설 작품 한 편을 이루어 낸 것이지요.

▲ 조각보(사진: 셔터스톡)

내면에서 길어 올린 섬세한 감성

시적 산문

소설이란 인물과 세계의 갈등을 서술자가 전달하는 서사 갈래의 하나입니다. 소설은 이야기의 시간 순서를 바꾸어 제시하곤 합니다. 전반부에는 복선과 암시로 뒤에 일어날 사건에 대한 흥미를 불러일으키고,

후반부에서 반전과 놀람을 일으켜 독자를 사로잡기도 합니다. 독자는 작가가 재구성해 놓은 플롯을 따라 소설 작품을 처음부터 차례대로 읽게 됩니다.

한강 작가의 소설도 현실의 벽 앞에서 갈등하며 힘겹게 삶을 이어 가는 사람들의 이야기를 다양하게 다루고 있습니다. 한강의 소설을 읽다 보면 앞에서 흩어 놓은 단서들이 서로 아무런 관계가 없어 보이다가 나중에 보면 서로서로 긴밀하게 연결되어 있었다는 것이 드러나는 경우가 많습니다. 한강은 플롯을 놀랍도록 기가 막히게 다루는 작가이지요.

그런데 한강 작가의 소설을 평할 때 '시적 산문(poetic prose)'이라거나 '시적 문체(poetic style)'라고 말하는 경우를 자주 봅니다. 특히 『흰』은 시적 문체가 두드러지는 작품으로 손꼽힙니다. 그래서 이번에는 소설 『흰』을 '시적'이라고 말하는 까닭이 무엇인지 살펴볼까 합니다. 시의 특성을 드러내는 요소는 다양하겠지만 여기서는 화자의 자기 인식, 은유, 심상의 세 가지 측면에서 『흰』에 드러나는 시적 특성을 살펴보겠습니다.

화자의 자기 인식

화자의 자기 인식이란 대상을 화자의 주관적인 관점으로 받아들인다는 뜻입니다. '세계의 자아화'라고 말하기도 하지요. 대상에 대한 화자의 자기 인식을 형상화[2]하는 문학의 갈래를 서정이라고 합니다.

시 두 편을 예로 들어 보겠습니다. 김영랑의 「모란이 피기까지는」과

이형기의 「낙화」는 모두 '꽃이 지는 것'을 대상으로 해요. 그런데 그것을 받아들이는 화자의 마음은 두 시에서 다르게 나타납니다. 「모란이 피기까지는」에서는 "뻗쳐오르던 내 보람 서운케 무너졌느니 / 모란이 지고 말면 그뿐 내 한 해는 다 가고 말아"라고 하며 화자는 모란이 지는 것을 삶의 가치를 상실한 일로 인식합니다. 반면 「낙화」에서는 "가야 할 때가 언제인가를 / 분명히 알고 가는 이의 / 뒷모습은 얼마나 아름다운가."라고 하며 화자는 꽃이 지는 일은 열매를 맺기 위해 꼭 필요한 아름다운 일이라고 생각하지요. 이렇게 '낙화'라는 동일한 현상이라도 화자는 자신의 관점에 따라 다르게 받아들이는 것입니다.

독자는 『흰』을 읽으며 사건의 시간적 전개를 따라가기보다 어떤 상황을 마주하는 인물의 내면을 따라가게 됩니다. 「눈보라」 대목을 볼까요? 그녀는 몰아치는 눈보라를 뚫고 걸어갑니다. 그녀가 눈보라를 뚫고 걸어가는 이유는 나오지 않습니다. 눈보라 때문에 그녀가 어떤 일을 겪게 되는지도 나오지 않습니다. 눈보라 속에서 그녀는 눈에 관해, 눈보라에 관해 생각합니다. 「날개」 대목에는 죽은 나비를 본 이야기가 나옵니다. 흰 나비의 날개가 투명해지며 사라져 가는 장면을 본 그녀는 삶과 죽음에 대해 생각하지요. 이처럼 소설 『흰』에 나오는 예순다섯 개의 작은 이야기는 등장인물('나'와 '그녀')이 경험하는 현재와 그 경험에 관련된 기억과 느낌과 생각을 내면에서 길어 올린 것들입니다. 작품에서 '나'는 "지난여름 내가 도망치듯 찾아든 곳이 지구 반대편의 어떤 도시가 아니라, 결국 나의 내부 한가운데였다."(「안개」)라고 고백하기도 합니다. 이렇게 독자는 『흰』을 읽으며 사건의 전개가 아니라 인물의 내면 의식에 집중하며 읽게 되므로 이 작품을 시적이라고 느끼게 됩니다.

은유

    은유를 좁은 의미로 보면 'A는 B이다.'와 같은 표현법을 말합니다. 김동명의 시 「내 마음은」에 나오는 구절 "내 마음은 호수요"는 대표적인 은유 표현이지요. 한편 은유를 시적 언어의 기본적인 특성으로 이해하는 경우도 있습니다. 언어학을 연구한 로만 야콥슨은 은유를 동일성에 의거하여 선택되는 관계로 설명합니다. 그리고 은유가 시의 본질적 특성이라고 말합니다. 그러니까 "내 마음은 호수요"라고 했을 때, '내 마음'과 '호수'는 '잔잔함', '고요함', '깊고 맑음' 등의 의미를 공유합니다. 「내 마음은」의 2연은 "내 마음은 촛불이요"로 시작합니다. 3연은 "내 마음은 나그네요"로, 4연은 "내 마음은 낙엽이요"로 시작하지요. 이 시는 '내 마음'이라는 동일한 대상을 표현하면서 '호수', '촛불', '나그네', '낙엽'이라는 다양한 보조 관념을 선택하여 시상을 전개함으로써 '내 마음'이 함축하는 의미를 점점 넓혀 나갑니다. 이것이 시적 언어의 특성으로서 은유의 의미라고 할 수 있습니다.

    『흰』은 시의 본질적 특성인 은유를 구성의 기본 골격으로 삼고 있습니다. 『흰』에 담긴 작은 이야기들은 '흰'을 동일성으로 하는 다양한 '무엇'에 관하여 말하고 있습니다. 다시 말해서 다양한 '무엇'들에 대한 '나'와 '그녀'의 체험과 상상, 생각과 느낌이 '흰'을 중심으로 의미망을 형성한다는 것이지요. 『흰』은 '흰 것'에 대해 쓰겠다고 결심한 이야기에서 시작하여 낡고 상처 난 문에 바른 '흰 페인트'로 넘어갑니다. '흰 페인트'는 세상을 덮는 '흰 눈'과 겹쳐집니다. '흰 눈'은 아기의 '흰 강보'로, '흰 배내옷'으로, '흰 달떡'으로, ……. 이렇게 이야기가 이어져서

'모든 흰'으로 마무리됩니다.

독자는 책장을 넘길 때마다 새롭게 등장하는 '흰 무엇들'이 겹쳐지며 만들어 내는 다양한 함축적 의미를 생각하게 되므로 이 작품을 읽을 때 시적이라고 느끼게 됩니다.

심상

다음으로 심상을 중심으로 『흰』을 살펴보겠습니다. 학교에서는 시각, 청각, 촉각, 미각, 후각, 공감각을 심상의 종류라고 설명하고 있지요? 심상은 마음으로 느끼는 감각입니다. 이미지(image)라고도 합니다. 독자는 문학 작품을 읽으며 상상을 하는데, 어떤 장면을 읽다가 작품 속 화자나 인물이 감각하고 있는 것을 마치 자신이 실제로 감각하고 있는 것 같은 느낌을 받게 됩니다. 이것이 심상입니다. 심상의 작용 덕분에 독자는 자신의 감각을 극대화하여 작품 속 장면을 생생하게 느낍니다.

이 작품에서 중심이 되는 심상은 시각적 심상입니다. '흰'이라는 작품 제목부터가 시각적 심상을 불러일으킵니다. 하늘에 흐르는 흰 구름과 땅에 흐르는 검은 구름 그림자의 대비, 달이 먹구름에 들어가서 만들어 내는 무늬, 수천수만의 반짝임을 만들어 내는 파도의 모습 등 이 작품에서는 시각적 심상을 쉽게 찾을 수 있습니다.

『흰』에서는 촉각적 심상도 자주 나타납니다. 얼굴에 와 닿는 진눈깨비의 물큰함, 영하 이십 도의 겨울 바다에 저무는 해가 지닌 따뜻함, 너무 오래 걸어서 알이 밴 종아리, 움켜쥔 두 주먹의 차가움, 바닷가에서 주워 온 조약돌의 단단함, 편두통, 위경련, 소금이 묻은 상처의 쓰라림, 뼛속까지 시린 겨울 바닷가. 이런 장면은 촉각적 심상을 환기합니다.

『흰』에서는 청각적 심상이 '소리 없음'으로 드러납니다. 하루가 끝난 후 난롯불 앞에서 침묵하는 시간, 새벽의 고요 등 청각적 심상은 침묵 속에서 내면을 응시하는 분위기를 조성하고 있습니다.

『흰』에서는 드물게 미각적 심상과 후각적 심상을 볼 수 있습니다. 각설탕이 혀에 녹는 달콤한 맛, 갓난아기가 빨아먹는 엄마의 젖은 미각적 심상이라고 할 수 있지요. 이제 막 아기를 출산한 엄마의 피 냄새가 도는 분만실은 후각적 심상입니다.

이렇게 『흰』에는 독자의 심상을 환기하는 표현이 곳곳에 등장합니다. 노벨상 수상 기념 강연에서 작가는 다음과 같이 말했습니다.

소설을 쓸 때 나는 신체를 사용한다. 보고 듣고 냄새 맡고 맛보고 부드러움과 온기와 차가움과 통증을 느끼는, 심장이 뛰고 갈증과 허기를 느끼고 걷고 달리고 바람과 눈비를 맞고 손을 맞잡는 모든 감각의 세부들을 사용한다.[3]

작가가 오감으로 쓴 글을 독자도 오감으로 받아들입니다. 독자의 오감이란 곧 심상이지요. 심상은 시적 언어의 중요한 특성이므로 독자는 한강의 소설을 읽으며 시적이라고 느끼게 됩니다. 특히 『흰』에는 언어가 환기하는 감각적 심상이 다른 작품보다 훨씬 많이 나타납니다.

지금까지 이 작품이 시적인 느낌을 주는 이유를 화자의 자기 인식,

은유, 심상의 측면에서 살펴보았습니다. 그런데 시적 특성이 이렇게도 많은 『흰』을 시가 아니라 소설이라고 말하는 이유는 무엇일까요? 시는 한 편 한 편이 내용과 형식에서 완결된 작품입니다. 그래서 시집을 읽을 때는 아무 쪽이나 펼쳐서 읽는다 해도 별문제가 없습니다. 『흰』도 예순다섯 개의 이야기가 어느 정도는 독립되어 있어서 아무 쪽이나 펼쳐서 읽어도 되는 시집과 닮았다고 볼 수 있습니다. 그렇지만 『흰』은 우리가 앞서 줄거리를 파악할 때 살펴보았듯이 '「나」-「그녀」-「모든 흰」'으로 전개되는 서사의 흐름을 지니고 있습니다. 그래서 『흰』은 처음부터 차례대로 읽으면서 작가가 흩뿌려 놓은 단서들을 따라 이야기를 재구성하면서 읽어야 온전히 이해할 수 있는 작품입니다. 그러니까 『흰』은 시의 특성이 아주 많은 '소설'이라고 하겠습니다.

가능성으로 열려 있는 '흰'

'흰'의 가능성

한강 작가는 작품 제목에 색채어를 즐겨 씁니다. 『붉은 닻』, 『흰 꽃』, 『검은 사슴』, 『붉은 꽃 속에서』, 『노랑무늬영원』, 『파란 돌』, 그리고 『흰』. 노벨 문학상 시상식에서 엘렌 맛손(Ellen Mattson)도 "한강의 작품에서는 흰색과 붉은색이라는 두 가지 색을 만난다."라고 하며 한강의 작품 세계를 소개하는 첫머리에 색채를 가장 먼저 언급하고 있습니다.

그만큼 한강의 소설에서 색채는 중요한 의미를 차지한다고 볼 수 있겠습니다. 특히 『흰』은 제목 자체가 색채어인 만큼 이 작품에서 '희다'의 의미를 찾아보는 것은 작품을 이해하는 데 꼭 필요한 과정이 될 것입니다.

문학 작품에 사용되는 단어는 함축적 의미를 지닙니다. 함축적 의미는 사전적 의미와는 다릅니다. '희다'를 사전에서 찾으면 "눈이나 우유의 빛깔과 같이 밝고 선명하다."라고 나옵니다. 또 '희다'에는 "말이나 행동이 분에 넘치며 버릇이 없다."라는 의미도 있는데, '희다'에 대상을 부정적으로 인식하는 태도가 내재해 있음을 알 수 있어요.

하지만 『흰』을 읽어 보면 '희다'가 밝고 선명한 것만을 의미하지도 않고, 타인을 비하하는 의미로도 쓰이지 않음을 알 수 있습니다. 그러면 『흰』에서 '희다'는 어떤 의미를 지니고 있을까요?

'희다'는 '검다'와 대비됩니다. 어둠 속에서는 희지 않은 것도 희게 보이고(「어둠 속에서 어떤 사물들은」), 달은 먹구름 속에서 독특한 형상을 만듭니다(「달」). 흰 밤과 검은 낮의 대비(「백야」), 강한 조명이 내리비치는 무대와 캄캄한 객석의 대비(「빛의 섬」) 등에서 흰 것과 검은 것의 대비가 나타납니다.

그렇지만 '희다'와 '검다'가 서로 대립하고 갈등하는 관계를 의미하는 것은 아닙니다. 작품에 간간이 삽입된 흑백 사진처럼 '희다'와 '검다'는 서로 어우러지면서 검은 것은 배경이 되어 흰 것을 도드라져 보이게 합니다. 밤이나 어둠으로 드러나는 '검다'는 정적과 고요의 시간으로 작품의 인물들은 이 시간 동안 침묵하거나 사색하거나 과거를 기억하며 다양한 '흰'을 생각합니다.

한편 작가는 '흰'과 '하얀'을 구별하며 '흰'은 솜사탕처럼 깨끗하기만 한 '하얀'과 다르다고 하지요. 이것은 작가가 부여한 의미이긴 하지만 근거가 없는 것은 아닌 것 같습니다. 한자(漢字)에는 '희다'를 뜻하는 말에 '백(白)'과 '소(素)'가 있습니다. 백의(白衣)와 소복(素服)은 둘 다 흰옷을 뜻하는데, 백의(白衣)와 달리 소복(素服)은 초상이 났을 때 상복으로 입는 옷을 말합니다. 소복(素服)은 이 작품에서 돌아가신 어머니께 바치는 옷으로 나오기도 하지요. 백의(白衣)와 소복(素服)의 의미가 다르듯이 '하얀'과 '흰'도 차이가 날 수 있겠다 싶습니다. 또한 '소(素)'는 어떤 것을 만드는 바탕이 되는 재료를 뜻하는 '소재(素材)'라는 단어에도 들어가 있어요. 이때 '소(素)'는 근본 바탕을 의미합니다. 이렇게 보면 순우리말 '흰'도 한자의 '소(素)'처럼 근본 바탕으로서 다양한 가능성을 내포하고 있다고 이해할 수 있습니다.

화가이자 미술 이론가인 바실리 칸딘스키는 흰색에 관하여 다음과 같이 말합니다.

> 흰색은 물질적인 성질이나 실체로서 모든 색들이 사라진 세계의 상징과 같다. (……) 그렇기 때문에 흰색도 역시 커다란 침묵으로서 우리의 심성(Psyche)에 작용한다. (……) 흰색은 죽은 것이 아닌, 가능성으로 차 있는 침묵인 것이다.[4]

소설 『흰』에서도 '희다'에 담긴 의미는 매우 다양하게 열려 있습니다. '흰'은 형용사 '희다'의 관형사형입니다. 그러니까 '흰'은 그 자체로 의미가 완결되지 않은 꼴이고 '흰'에 이어지는 '무엇'이 있어야 의미가 완결됩니다. 작품에서는 안개, 파도, 개, 수의 등 '흰'과 관련한 다양한 사물들에 관하여 이야기하고 있지요. 이렇게 다양한 '무엇들'이 '흰'을 중심으로 어떤 새로운 의미망을 형성하고 있는지 탐색해 보면 '흰'의 의미를 찾을 수 있을 것입니다.

'흰'의 의미망

'흰'은 순수함, 깨끗함, 생명력과 연결됩니다. '나'가 그녀에게 주고 싶은 것은 '오직 흰 것'입니다(「초」). 태어난 지 두 시간만에 죽은 아기는 세상의 어떤 더러움에도 오염되지 않은 순수함 그 자체였을 것입니다(「달떡」). 반짝이며 빛나는 물은 깨끗하고 투명하며 마실 수 있는 생명수입니다(「반짝임」). 새로 빨아 말린 깨끗하고 보송보송한 베갯잇과 이불보는 그것을 덮는 사람에게 위로를 줍니다(「레이스 커튼」). 숨을 쉴 때마다 흘러나오는 하얀 입김은 살아있음을 증명합니다(「입김」).

'흰'은 단단하고 견고합니다. 인간의 접근을 허락하지 않은 설산(「만년설」), 눈을 뜰 수조차 없게 세차게 휘몰아치는 눈보라(「눈보라」), 사람의 몸을 지탱하는 흰 뼈(「흰 뼈」), 침묵이 응축된 것처럼 단단한 흰 조약돌(「흰 돌」). 이러한 장면에서 '흰'은 삶의 고단함이나 삶을 견디는 힘을 드러냅니다.

'흰'은 가볍고 부드럽습니다. 그녀의 머리에 가볍게 앉았다가 날아간 흰 새(「흰 새들」), 삼 층 베란다에서 머뭇머뭇 떨어지는 손수건(「손수건」), 팔락거리며 날아가는 흰나비(「흰나비」), 돌아가신 어머니에게 바치는 흰 무명 치마저고리를 불사른 연기(「소복」). 가볍고 부드러운 '흰'은 '영혼'과 연결되며 의미를 확장합니다.

　'흰'은 침묵, 고요, 정적과 연결됩니다. 내리는 눈이 만들어 내는 침묵의 순간(「눈」), 겨울밤 칠흑 같은 어둠 속에 불을 밝히는 고립된 전등의 빛(「불빛들」), 희부연 새벽의 고요함(「고요에게」)에서 '흰'은 인물의 내면을 응시하는 침묵과 고요를 의미합니다.

　'흰'은 상실, 슬픔, 고통을 의미합니다. 『흰』의 초판본 표지에는 'The Elegy of Whiteness'라는 부제가 달려 있기도 하지요. '엘레지(elegy)'는 "슬픈 마음을 표현하거나 누군가의 죽음을 애도하는 노래"입니다. 이 작품 곳곳에는 아기(언니), 나비, 대학 동기, 나치에 살해당한 어린아이, 돌아가신 어머니 등 누군가의 죽음과 그들을 보내야 하는 상실감과 슬픔을 이야기하고 있지요. 오래된 문에 날카롭게 긁어 놓은 방의 호수(「문」), 어린 시절부터 먹어온 알약들(「당의정」), 차가운 골목에 주저앉아 있던 남자(「눈송이들」), 삶에 배신 당한 경험(「얇은 종이의 하얀 뒷면」), 상처 난 손으로 무심결에 소금을 집었을 때의 쓰라림(「소금」), 모진 일을 많이 당해 공포에 젖어 짖지 못하는 흰 개(「흰 개」) 등은 삶에서 회피할 수 없는 수많은 고통을 드러내고 있습니다.

　또한 '흰'은 치유와 회복을 의미하기도 합니다. "환부에 바를 흰 연고, 거기 덮을 흰 거즈"로 표현되었듯이, 이 작품 전체는 '나'의 상처를 치유하고 회복하는 과정으로 볼 수 있습니다. 나치에게 희생당한 사람들을 위해 켜 놓은 흰 초(「초」), 사고로 죽은 동기를 기억하기 위해 심은 백목련(「백목련」)은 이들의 죽음을 애도하는 사람들을 치유하는 행위이기도 하지요.

'흰'의 역설

'희다'는 '색'을 가리키기도 하고 '빛'을 가리키기도 합니다. 그런데 물리적으로 보면 '희다'는 매우 역설적입니다. 왜냐하면 색으로서의 '희다'는 모든 색의 파장을 반사할 때 지각되고, 빛으로서의 '희다'는 모든 색의 파장을 포함할 때 지각되기 때문입니다. 『흰』에서도 '희다'는 모순되는 두 상태가 공존하는 역설적 상황을 의미합니다.

역설은 모순을 일으키지만, 그 속에 중요한 진리가 함축된 표현을 말합니다. 작가의 말에서 "'흰'에는 삶과 죽음이 소슬하게 함께 배어 있다."라고 한 것은 바로 '흰'의 역설을 드러내고 있습니다. 삶과 죽음은 동시에 존재할 수 없다는 것이 일반적인 생각이지요. 그런데 '흰'에는 삶과 죽음이 동시에 존재한다고 생각하고 있으니, 이것이 역설적인 사고입니다.

배내옷과 강보는 삶과 죽음을 동시에 껴안습니다. 갑작스러운 산통에 스물세 살의 엄마가 눈물을 흘리며 지은 배내옷과 갓난아기를 쌌던 강보는 두 시간만에 수의와 관이 됩니다(「배내옷」, 「수의」). 안개는 이승과 저승을 오가며 일렁입니다(「안개」). 경계 없는 안개처럼 죽은 이의 영혼은 산 이의 곁에 다가와 말을 건넵니다(「빛이 있는 쪽」). 비와 눈과 얼음과 물의 속성을 모두 가진 진눈깨비(「진눈깨비」)처럼 삶은 하나로 규정할 수 없습니다. 가볍기 그지없으며 몇 초 만에 녹아 버리는 신비한 결정체의 눈(「눈」)은 때로 눈보라가 되어 우리에게 휘몰아칩니다. 그래서 그녀는 이렇게 말합니다.

대체 무엇일까, 이 차갑고 적대적인 것은? 동시에 연약한 것, 사라지는 것, 압도적으로 아름다운 이것은?(「눈보라」)

이렇게 '흰'의 역설은 세상에 대한 우리의 고정관념을 허물고 경계를 지웁니다.

소설 『흰』에서 '흰'의 의미는 지금까지 언급한 것보다 훨씬 다양하게 해석할 수 있을 것입니다. 독자마다 경험이 다르고 생각도 다르니 저마다 이해하는 '흰'의 의미도 다르겠지요. 여러분도 작품을 읽으며 '흰'의 의미를 찾아보길 바랍니다.

고통스러운 현실과 인간의 존엄

세속적 기도서

노벨 위원회에서는 이 작품을 '세속적 기도서(secular prayer book)'라고 말했습니다. '기도'의 의미를 국어사전에서는 "인간보다 능력이 뛰어나다고 생각하는 어떠한 절대적 존재에게 빎. 또는 그런 의식"으로 풀이합니다. 옥스퍼드 사전에는 "하느님께 감사드리거나 도움을 청하는 말(word that you say to God giving thanks or asking for help)"이라고 나옵니다. 두 사전 모두 기도는 절대적 존재를 상정한 행동으로 보고 있습니다.

그런데 『흰』에서는 어떤 절대적 존재를 전제하지 않고 있습니다. 작가의 말에서도 "나는 신을 믿어 본 적이 없으므로"라고 말하고 있지요. 따라서 『흰』에 등장하는 '나'의 기도는 종교적이거나 신앙적인 차원이 아니라 세속적 차원의 한 인간으로서 간절하게 바라는 마음으로 이해할 수 있습니다.

그렇다면 이 작품의 '나'가 간절히 바라는 것, 기도의 내용은 무엇일까요? 그것은 갓난아기를 품에 안고 되풀이하는 엄마의 말, 언니와 작별하는 동생이 중얼거리는 말, "*죽지 마라 제발.*"(「배내옷」), "*죽지 말아요. 살아가요.*"(「작별」)일 것입니다.

그런데 엄마의 기도와 '나'의 기도는 그 성격이 다릅니다. 태어난 아기가 죽지 않고 살아나기를 바라는 엄마의 기도는 모성애의 표현입니다. 그에 비해 아기(언니)에게 죽지 말라고 말하는 '나'의 기도는 모성애라고 할 수는 없습니다. 더욱이 아기(언니)가 살았더라면 '나'는 세상에 존재하지 못했을 텐데, 왜 '나'는 아기(언니)가 죽지 않기를 바랄까요?

그 단서를 어머니의 죽음을 대하는 그녀의 태도와 아기(언니)의 죽음을 대하는 '나'의 태도가 다른 점에서 발견할 수 있을 것 같아요. 어머니의 죽음을 애도하는 그녀의 태도는 매우 담담합니다. 남쪽 바닷가 작은 절에 어머니의 유골을 모신 그녀는 어머니가 고요하게 지내리라 생각합니다(「재」). 반면 아기(언니)의 주검을 묻고 돌아온 아버지의 이야기를 듣고 나서 '나'는 쇳덩이에 눌린 것처럼 가슴이 답답해집니다(「수의」). 어머니의 죽음은 삶을 온전히 겪은 후의 죽음이지만 아기(언니)의 죽음은 삶을 경험할 기회조차 없었던 죽음입니다. 유대인 게토에서 군인에게 살해된 아이(「빛이 있는 쪽」) 역시 삶을 경험할 기회를 빼앗긴 존재입니다. 삶을 박탈당한 존재에게 느끼는 안타까움이 '나'의 기도의 출발점입니다. 따라서 '나'의 기도는 깊은 연민의 행위로 보아야 할 것입니다.

삶이란 각자가 자신의 의미를 찾아가는 과정일 것입니다. 그런데 죽음은 삶의 의미를 찾아가는 과정 자체를 경험할 수 없게 만듭니다. 삶을 기쁘고 즐겁게 받아들이든 슬프고 괴로운 것으로 받아들이든 그것은 살아 있을 때 가능하지요. 그러므로 "죽지 마라. 살아가요."라고 기도하는 것은 근본적으로 삶을 긍정하는 태도에 바탕을 두고 있습니다.

삶, 의미를 찾아가는 과정

『흰』에 나타나는 삶은 어떤 것일까요? 『흰』의 인물들은 놀랍고 기쁜 삶의 순간을 경험합니다. 이제 막 출산한 아기를 받아 안을 때, 수천의 빛으로 반짝이는 멸치 떼가 배 밑으로 지나가는 것을 목격할 때, 달콤한 각설탕을 맛볼 때, 유난히 큰 정육각형의 눈송이를 맨눈으로 볼 때『흰』의 인물들은 감탄합니다. 그렇지만 이 작품에서 삶은 대체로 고통과 괴로움으로 나타납니다. '그녀'는 어릴 때부터 자주 아팠고 부서졌으며 삶을 사랑할 수 없는 일을 겪기도 하였습니다. '흰 개'는 모진 일을 너무 많이 당했던지 두려움과 공포 속에서 살아갑니다. 난폭하게 긁힌 상처가 나 핏물 같은 녹물이 번진 채로 '문'은 이를 악물고 버팁니다. 전쟁으로 도시는 흔적도 없이 무너지고 사람들은 학살당합니다. 나비는 얼어 죽고, 흰 새들은 영하 날씨의 모래밭에 모여 앉아 뼛속까지 얼어붙을 듯한 추위를 견딥니다. 그녀는 과거 한때 "더 나아갈 가치가 있는가?"라는 질문에 '그럴 가치가 없다.'라고 생각한 적도 있습니다(「갈대숲」).

실존주의 철학자 사르트르는 인간은 어떤 목적이 없이 태어난 존재이므로 인간 존재의 의미는 각자가 자유롭게 선택하고 그 결과에 책임지면서 스스로 만들어 나가야 한다고 했습니다. 이런 관점에서 볼 때, 『흰』의 '나'와 '그녀'는 자신의 존재 의미를 찾아가는 실존적 인물입니다.

그녀는 힘들고 괴로운 자신의 삶이 나비의 비행처럼 이리저리 굽어지면서 결국은 밝은 쪽으로 나아가리라 생각하게 됩니다. 그리고 마침내 부서진 것을 인정하고 깨어진 것을 직시하고 진실에 직면해야 함을 깨닫게 되지요.

'나'는 어떻습니까? '나'와 그녀는 공존할 수 없는 관계입니다. 만약 그녀가 언니로 태어났더라면 '나'는 세상에 존재하지 못했을 것이고, 그녀의 죽음 덕분에 '나'는 세상에 존재할 수 있었습니다. 그녀의 삶과 '나'의 죽음, 그녀의 죽음과 '나'의 삶, 이 둘은 서로 연결되어 있습니다. 그러니 '나'의 삶은 그녀의 죽음에 빚지고 있는 셈입니다. '나'는 이것을 인정하고 받아들입니다. 그리하여 마침내 '나'는 언니에게 자신을 내어 주기로 결심하고, 언니를 되살려 내고, 언니의 죽음을 기억하고 애도합니다. 언니에게 자신의 삶을 내어 주는 '나'의 행위는 '사랑'이라고 할 수 있어요. 사랑에는 자신을 가둔 벽을 허물고 자신의 한계를 극복하는 적극적인 태도가 필요한데 '나'는 언니를 위해 자신을 기꺼이 내어 주기 때문이지요.

실상 아기(언니)의 죽음이 '나'의 탓이라고 할 수 없습니다. 그렇지만 부모님의 들려준 아기(언니)의 이야기 속에서 자라난 '나'의 마음속에는 아기(언니)의 죽음에 대한 죄책감이 가시처럼 박혀 오랫동안 빠지지 않고 있었습니다. 그런데 뜻밖에도 그녀에게 '나'를 내어 주기로 선택한 이 사랑의 행위가 결과적으로 '나'로 하여금 자신의 존재 의미를 찾도록 합니다. 그리하여 '나'는 자신의 삶을 그녀와 함께하기로 마음먹으며 다음과 같이 말합니다.

> 그 흰, 모든 흰 것들 속에서 당신이 마지막으로 내쉰 숨을 들이마실 것이다.(「모든 흰」)

'나'는 마음에 박혀 있던 죄책감을 회피하지 않고 직면함으로써 고통에서 벗어나게 됩니다. 내면의 상처를 덮어 두고 모르는 척 외면하는 사람은 삶의 고통을 해결하지 못하게 됩니다. 문제를 대면하는 데 따르는 정당한 고통을 회피할 때, 우리는 그 문제를 통해 우리가 이룰 수 있는 성장도 회피하는 것이 됩니다.[5]

이러한 태도는 역사에 대한 책임의 문제에도 적용할 수 있습니다. 사회적 참사나 역사적 상처 역시 사람들이 그것을 덮어 두고 외면한다면 그 사회는 성숙한 사회가 될 수 없습니다. 희생자를 애도하고 피해자를 기억할 때 사회는 성숙해지고 역사는 올바른 방향으로 나아갈 것입니다.

그러므로 『흰』은 '아기(언니)의 죽음'이라는 지극히 개인적인 경험을 이야기하고 있지만 사실은 보편적인 인간의 존엄을 이야기하고 있습니다. 작가는 『흰』을 두고 "무엇으로도 결코 파괴될 수 없는 우리 안의 어떤 부분을 들여다보고 싶었던"[6] 작품이라고 했는데, 작가가 말하고자 했던 것이 바로 '인간의 존엄'이 아닐까 생각합니다.

금빛 실로 연결된 한강과 '흰 도시'

작품의 배경이 된 '흰 도시'

작품 안에서는 이 작품의 배경이 된 곳을 밝히고 있지는 않아요. 그렇지만 작품에서 독일군의 침략으로 도시가 파괴되고 사람들이 희생된 이야기가 나오는 것으로 보아 이곳이 유럽의 어느 도시라고 짐작할 수는 있지요. 『흰』의 배경이 된 '흰 도시'는 바로 폴란드의 수도 '바르샤바'입니다. 한강 작가는 『소년이 온다』를 출간한 후 2014년 8월부터 12월까지 4개월간 폴란드 바르샤바에 머물며 『흰』의 1장과 2장을 썼다고 합니다. 『흰』에는 바르샤바의 눈과 안개, 바르샤바 항쟁 박물관, 도시의 풍경, 폴란드 영화 등 폴란드에 관한 이야기가 자주 나옵니다.

폴란드는 북위 49도에서 55도에 걸쳐 있는 나라로 사계절이 뚜렷하지만, 겨울이 길어서 10월부터 이듬해 4월까지는 추운 날씨가 이어진다고 합니다. "이 도시에는 일 년의 절반 동안 눈이 내린다."(「주먹」)고 했듯이 작가가 폴란드에 머물던 시기는 폴란드의 가을과 겨울에 걸친 시기로 볼 수 있지요.

폴란드는 국토 대부분이 평지인데, '폴란드(Poland)'라는 이름도 '평원의 사람들[폴라니에(polanie)]'에서 왔다고 해요. 나라가 유럽의 한복판에 있어서, 강성했던 16세기에는 폴란드-리투아니아 연합 왕국으로 지금의 리투아니아와 벨라루스 일대를 지배하기도 하였습니다. 그렇지만 폴란드는 주변의 강대국들의 침략을 자주 받았으며, 1795년부터 1918년 사이에는 나라를 잃고 프로이센, 러시아, 오스트리아에 의해 분할 통치되며 유럽의 지도에서 사라지기도 하였습니다. 나라를 되찾겠다는 폴란드인의 염원은 제1차 세계 대전이 끝난 1918년에 드디어 이루어집니다. 독립한 폴란드는 어려움을 극복하며 나라를 안정시켜 나가지요.

전쟁과 항쟁

1939년, 폴란드는 독일과 소련[7]의 침략을 받아 다시 나라를 잃게 됩니다. 혹시 김광균의 시 「추일서정」을 읽어 본 사람이라면 그 첫 구절이 생각날지 모르겠습니다.

> 낙엽은 폴란드 망명 정부의 지폐
> 포화에 이지러진
> 도룬시의 가을 하늘을 생각게 한다

도회적 감성을 참신한 비유와 감각적 언어로 표현한 김광균 시인의 이 작품에서 우리는 나치의 침략을 받았던 이 시기 폴란드의 한 도시를 상상해 볼 수 있지요. 쓸모없이 바람에 뒹구는 낙엽이 자아내는 쓸쓸함을 '폴란드 망명 정부의 지폐'에 비유한 이 시의 첫 구절은 당시로서는 낯선 나라인 폴란드를 보조 관념으로 선택한 참신한 표현으로 평가받았지요. 그런데 시인이 이 시를 발표한 때가 1940년이라고 하니, 어쩌면 시인은 이 낯선 나라의 소식을 듣고 식민지로 전락한 우리 민족의 처지를 새삼스럽게 느낀 것은 아닐까 싶기도 합니다.

외세의 지배하에서 폴란드는 국내에 지하 정부를 구축하고 해외에 망명 정부를 수립하여 침략에 저항합니다. 제2차 세계 대전 시기에 유럽에서 일어난 사건 중에 한동안 묻혀 있었던 사건이 '바르샤바 항쟁'입니다. 이 항쟁은 1944년 8월 1일부터 10월 2일까지 63일간 나치를 몰아내고 자유를 되찾은 승리의 사건이자, 뒤이은 나치의 보복으로 도시 전체가 사라지게 된 비극적 사건입니다. 바르샤바 항쟁 이후에 20만 명에 이르는 사람들이 목숨을 잃었고, 50만 명에 이르는 사람들이 포로수용소로 압송되었고, 1만 5천 명이 강제 노동을 위해 독일로 이송되었고, 남은 사람들도 모두 도시를 떠났지요. 바르샤바를 철저하게 파괴하라는 히틀러의 명령으로 도시의 건물은 모두 폭파됩니다.[8]

부활한 도시

바르샤바 항쟁 당시 희생된 사람들을 일상에서 기억하고 추모하는 바르샤바 시민들의 모습이 소설 『흰』을 집필하는 데 중요한 계기로 작

▼ 바르샤바 항쟁 기념비(사진: 위키피디아)

용합니다. 어느 인터뷰에서 작가는 "대로변에 죽은 이들을 위한 기념비를 세우고, 그들을 향해 꽃을 바치고 촛불을 켜며 애도하는 바르샤바의 문화를 바라보며 복잡한 현대사 속에서 애도 받지 못한 채 죽은 사람들을 떠올리게 되었다."[9]라고 말했습니다. 바르샤바 항쟁 후에 나치가 자행한 참혹한 도시 파괴와 전쟁 이후 바르샤바 시민들이 이룩한 도시 재건은 소설 『흰』의 전개에서도 중요한 역할을 합니다. 과거의 잔해 위에 새롭게 복원된 바르샤바는 '나'로 하여금 죽은 '그녀(언니)'를 다시 살려낼 수 있다고 생각하도록 하지요. 그러니 바르샤바는 한강이 『흰』을 창작하는 장소로 더없이 적합한 곳이었다고 하겠습니다.

「흰 도시」 대목에서 '나'는 바르샤바의 어느 기념관에서 본 영상을 이야기합니다. 제2차 세계 대전이 끝난 후에 폐허가 된 바르샤바를 촬영한 이 영상과 유사한 것을 유튜브 채널에서도 볼 수가 있습니다. 유튜브에서 'Miasto Ruin'을 검색하면 나치의 보복으로 파괴된 바르샤바

의 모습을 항공 사진처럼 보여 주는 영상이 나옵니다.『흰』을 읽은 후에 이 영상을 찾아보면 작품을 이해하는 데 도움이 될 듯합니다.

제2차 세계 대전이 끝난 후 폴란드는 독일의 지배에서 벗어나지만 소련의 위성 국가가 되어 버립니다. 억압이 끝나자 다른 억압이 온 것입니다.『흰』의 2부에서 그녀는 1980년에 제작된 폴란드 영화 한 편을 본 이야기를 합니다. 「만년설」 대목에서 언급한 이 영화는 크지스토프 자누시(Krzysztof Zanussi) 감독의 「Constans」(영어 제목: 「The Constant Factor」)입니다. 우리나라에서는 「불변수」라는 제목으로 2000년 제5회 부산 국제 영화제에서 상영된 적이 있습니다. 영화는 사회주의 시절 폴란드의 젊은이 비톨트의 삶을 보여 줍니다. 부정과 부패가 만연한 사회에서 양심을 지키며 살려고 하는 비톨트 앞에 현실은 냉혹하기만 하지요. 영화의 장면 곳곳에 삽입되는 설산은 그가 맞닥뜨려야 하는 냉혹한 운명을 상징적으로 보여 주는 것 같습니다. 기회가 닿는다면 한번 관람해 보는 것도 좋겠습니다.

소련의 위성 국가 시절에도 폴란드 내부에서는 반체제 운동이 끊임없이 일어났고, 마침내 1989년에 소련의 영향력에서 벗어납니다. 어떻게 보면 폴란드는 우리나라와 비슷한 면이 있습니다. 다른 나라의 지배를 받았고 억압적인 정치 체제를 경험하였고 끊임없이 저항하였고 마침내 민주화를 이루어 냈다는 점이 우리나라의 근현대사와 많이 닮았습니다.

작가는『소년이 온다』를 출간한 후 어딘가로 떠나고 싶었고, 자신을 유일하게 불러 준 곳이 바르샤바였기 때문에 그곳으로 갔다고 말합니다. 하지만 작가가 폴란드 바르샤바로 가게 된 것이 어쩌면 필연적인 일이 아니었을까 싶기도 합니다. 작품을 읽다 보면 바르샤바는 작가의 지극히 개인적인 삶을 소설 작품으로 창작하는 동기를 부여한 공간으로 출발하였지만, 나치에 의해 절멸된 도시였고 죽었다가 다시 태어난 도시라는 점에서 『소년이 온다』의 광주와도 닮았고 『작별하지 않는다』의 제주와도 다르지 않은 공간이라는 생각이 들어요. 그러니 바르샤바는 작가의 작품 세계와 긴밀히 연결된 장소인 셈입니다. 어쩌면 바르샤바와 한강 작가 사이에 금빛 실이 연결되어 있었던 것은 아닐까요?

남은 이야기

『흰』과 관련하여 한강 작가의 다양한 예술 창작에 관해 이야기하는 것이 좋겠습니다. 한강 작가는 소설, 시, 수필 등 문학 분야의 작품만을 창작한 것이 아니라, 노랫말을 쓰고 거기에 곡을 붙여 직접 노래하기도 했습니다. 『흰』이 출판되던 2016년에는 「배내옷」, 「돌·소금·얼음」, 「걸음」, 「밀봉」이라는 제목으로 퍼포먼스를 공연하였습니다. 배내옷을 짓고, 그녀에게 쓴 말을 흰 깃털로 덮는 그 공연의 몇 장면을 찍은 사진이 소설 『흰』에 수록되어 있기도 합니다.

한강 작가의 누리집(https://han-kang.net)에서도 퍼포먼스 공연의 몇 장면을 볼 수 있습니다. 그중 작가가 발로 목탄을 쥐고 종이 위를 걸어가는 퍼포먼스 「걸음」은 매우 인상적입니다. 발가락에 끼운 목탄의 흔적이 흔들리고 뭉그러지고 희미해지고 끊어질 듯하면서 이어지는데, 직선으로 뻗지 않은 그 자취가 마치 삶을 살아가는 과정을 표현하는 것 같기도 하고, 허공으로 한 발을 내딛듯 시작한 소설이 완성되어 가는 과정을 표현하는 것 같기도 합니다.

작가는 문학의 한계, 언어의 한계를 극복하고 싶었던 것 같습니다. 문학 작품을 읽는 독자는 언어를 매개로 간접적 경험을 하게 됩니다. 반면 공연자의 몸으로 표현되는 공연 예술은 관객이 직접적으로 경험하게 됩니다. 퍼포먼스에서는 때로 연극의 시각적이고 제의적(祭儀的)인 측면[10]이 부각되기도 합니다. 제의란 영적 존재와 교감하는 제사로, 일정한 절차에 따라 진행되는 의식이라고 할 수 있지요. 『흰』이 죽은 언니에 대한 기억과 애도에서 출발한 소설이라는 점에서 퍼포먼스 공연은 소설의 내용과 꼭 맞는 표현 형식이라고 볼 수 있어요. 아무튼 한강 작가가 시도하는 다양한 예술 창작은 예술 간의 장벽을 허물고 작가가 말하고자 하는 메시지를 다양한 방식으로 전달하여 독자나 관객과 소통하고자 하는 의도이므로 그 자체로 의미 있는 일이라 하겠습니다.

끝으로 소설 『흰』을 어떻게 평가하고 있는지 살펴볼까 합니다. 『흰』에 관해 독일의 비평가 두 사람이 한 말을 참고해 보겠습니다. 프롬브카(Wiebke Porombka)라는 비평가는 "명료하면서도 감동적으로, 무엇보다도 조용하게 대상과 고통, 풍경에 관여하는"[11] 소설이라면서 소설 『흰』을 긍정적으로 평가하였습니다. 반면 푸리히(Dirk Fuhrig)라는 비평가는 "형식은 잘 짜여 있고 감성은 강렬하지만, 너무 격정적이고 과해 한 마디로 키치"[12]라고 하였습니다. '키치(kitsch)'는 대중적이며 예술적 가치가 낮다는 의미입니다. 노벨 문학상을 받은 작가의 작품이니 모든 사람이 좋게 평가할 것 같은데 비평가마다 아주 다르게 평가하고 있지요.

독자들은 자기 나름의 관점에서 작품에 대해 좋다거나 나쁘다거나 하는 판단을 하며 작품을 읽습니다. 다양한 관점에서 서로 다르게 평가한 각자의 생각을 토론을 통해 함께 나눔으로써 작품을 넓고 깊게 이해할 수 있지요. 여러분도 『흰』을 읽고 자신의 관점에서 작품을 평가해 보고 친구들과 함께 이야기를 나누어 보면 좋겠습니다.

▲ 한강, 『흰』의 표지(사진: 문학동네)

▲ 강문석·고길천·이원우·정용성, 「비설」 1949년 1월 6일, 토벌대에 의해 희생당했던 25살 엄마와 그녀의 두 살배기 딸의 모습을 형상화한 야외 조형물로, 제주 4·3 평화 공원 안에 있다.(사진: 홍여주)

06 작별하지 않는다

· 황문희

- 들어가며
- 소설 속 인물들을 따라가며 작품 읽기
- 잠들지 않는 남도, 제주도
- 기억을 위한 서사의 방식
- 애도하는 방법
- 기억하는 방법
- 가벼우나 가볍지 않은 소재
- 남은 이야기

 들어가며

제주 토박이 누구에게라도 다음과 같이 물어보라.

"당신은 4·3 유족입니까?"

그러면 대다수에게 '그렇다'는 답이 돌아올 것이다. 하지만 그런 대답조차 들을 수 없었던 세월이 길고도 길었다. 2000년 「제주 4·3 사건 진상 규명 및 희생자 명예 회복에 관한 특별법」(약칭: 「제주 4·3 특별법」)[1]이 제정되고 나서도 제주 사람들의 마음을 뒤덮고 있던 두려움과 불안이 여전했기 때문이다.

나의 할머니는 남편을 비롯하여 시아버지, 아주버니 둘을 제주 4·3 사건[2]으로 잃으셨다. 죽은 사람은 어찌할 수 없다 해도 산 사람은 살아야 하겠기에, 태어난 지 1년도 채 안 된 갓난아기와 나이 드신 시어머니, 부모 잃은 조카들을 굶겨서는 안 되었다. 할머니는 물질과 농사로 가족을 보살피며, 몸을 누일 곳을 찾아 전전했다. 제주 4·3 사건 당시 20대였던 할머니가 모진 세월을 견뎌 80대에 이르렀을 때, 장한 어머니상을 받게 되었다. 지역 신문사 기자가 인터뷰를 요청해 왔다. 그러나 그는 찾아온 목적을 이루지 못하고 돌아가야 했다. 해녀 이야기까지는 신나게 하시던 할머니가 제주 4·3 사건에 대한 질문에는 "속솜헙서. 안 굴으쿠다. 난 아무것도 몰라마씀." 하고는 입을 꽉 다물어 경계하셨기 때문이다.

손녀인 나조차 어른이 되기 전까지 들어 본 적이 없던 이야기, 제주 4·3 사건. 상처와 아픔이 깊었던 만큼 강요된 침묵의 세월도 길었던 것이다. 유족들은 아파도 아프다고 말할 수 없었으며 희생자 가족임을 들키면 마치 빨간딱지가 붙은 것처럼 소스라쳤다. 그렇게 오래도록 제주도는 '침묵의 섬'이었다.

『작별하지 않는다』에서 정심은 가출했다가 돌아온 인선의 손을 꼭 잡고 잠을 잔다. 이 장면을 읽으며, 할머니에게 들었던 이야기가 온통 마음 안에 머물렀다. 사랑하는 가족을 또 잃고 싶지 않다는 간절한 마음을 오롯이 느꼈기 때문이다. 집안 남자들이 모두 속절없이 죽고 나자, 할머니의 시어머니도 며느리가 도망갈까 봐 손을 꼭 붙들고 잠을 청했다고 한다.

줌이 폭 들어 불민 심은 손도 노지는디 경홀 때마다 시어멍은 금착 놀래엉 일어낭 나 이신가 살펴보곡 뜨시 손 심엉 잣져. 경허여신디 나가 어떵 시어멍 내불어동 딴 디를 가지느냐. 시어멍이랑 나뿐이 엇어신디. 남편이영 자석덜 몬딱 일러 분 시어멍이영 남편 일러 분 나영.[3]

증조할머니와 할머니는 여자의 몸으로 통나무들을 나르며 불에 탄 집을 다시 지었다. 그렇게 우리 북촌 마을은 오랜 시간 동안 '무남촌'(남자가 없는 마을)이었다.

이제 한강 작가가 노벨 문학상을 받아 소설 『작별하지 않는다』가 세상에 알려지면서, 학살된 그들이 '무죄'임을 온 세상이 다 알기에 이르렀다. 과거가 현재와 미래에 말을 걸고, 이곳과 저곳의 아픔이 서로 연결되어 망각하지 않도록 문학이 우리를 두드린다.

소설 속 인물들을 따라가며 작품 읽기

  이 작품에는 작가의 분신으로 여겨질 수 있는 '경하', 경하를 제주로 이끈 '인선' 그리고 인선의 어머니인 '정심', 이렇게 세 여성이 주된 인물로 등장합니다. 인물을 중심으로 작품을 살펴보면 작품의 줄거리뿐만 아니라 작품에서 드러내고자 하는 중심 내용까지 한눈에 다가오게 됩니다. 인물과 인물 간의 관계를 통해 작품의 큰 줄기를 따라가 보겠습니다.

경하와 인선

  『작별하지 않는다』는 소설가인 경하의 꿈에서부터 시작합니다. 꿈속에서 경하는 수천 그루의 검은 통나무가 있는 묘지로 밀려오는 바닷물을 막을 수 없어 어쩔 줄 몰라 합니다. 광주에서 일어난 학살에 대한 책을 2014년 여름에 낸 지 두 달째부터 꾼 꿈이었습니다.

  인선은 경하의 친구이자 다큐멘터리 영화감독입니다. 경하가 잡지사에서 일할 때 인선은 프리랜서 사진 기자로 그녀와 함께했습니다. 경하가 잡지 일을 그만둔 후에야 둘은 비로소 일을 떠나 친구가 되었지요.

  인선은 세 편의 단편을 제작합니다. 비극적 역사 안에서 억압받았던 개인의 증언을 담은 다큐멘터리들입니다. 세 편의 인터뷰 다큐멘터리를 이어 장편 영화를 제작하고자 했으나, 도중에 영화를 접고 목수가 되지요. 경하는 인선에게 꿈에서 본 검은 나무를 심자며 새로운 프로젝트를 제안합니다. 그러나 경하는 자신이 제안했던 일에 참여하지 못하고, 인선이 혼자서 검은 나무를 심으며 프로젝트를 준비합니다. 그 과정에서 그녀는 전기톱에 손가락 두 마디가 절단되는 사고를 겪습니다. 인선은 그 사고로 까무러칠 듯한 아픔을 겪습니다. 자신에게 몰아닥치는 고통을 통해 경하가 쓴 소설을 떠올렸고, 희생자들이 겪어야 했던 엄청난 고통을 직시하게 됩니다.

자신이 병원에 있는 동안 제주에서 기르던 앵무새를 돌볼 사람이 필요했던 인선은 경하를 부릅니다. 인선은 경하에게 새가 있는 제주도로 가게 합니다. 그리함으로써 경하에게 제주 4·3 사건을 만나게 해 주지요.

앵무새를 살리기 위해 제주로 떠난 경하는 대설 주의보가 내린 중산간을 헤매게 됩니다. 편두통과 위경련에 시달리면서 포기하고 싶은 마음이 들었지만 인선과 통화가 제대로 이루어지지 않습니다. 버스에서 내린 후 눈보라 속에 길을 잃고 미끄러진 경하는 끔찍한 추위에 맞닥뜨립니다. 의식을 잃어 가면서도 새에 대한 책임감으로 일어나, 마침내 인선의 목공방에 다다르지요. 그러나 앵무새 '아마'는 이미 죽어 있었습니다.

새를 정성껏 묻어 주고 경하는 전기와 물까지 끊겨 버린 집에 몸을 의지하고 있었지요. 그녀는 계속하여 꿈을 꾸며, 꿈과 현실을 구분할 수 없는 지경에 빠져듭니다. 인선이 영혼의 모습으로 그녀에게 와서 대화를 나누고 차를 마십니다. 인선은 어머니가 수집한 자료들을 보여 주며 그녀의 부모가 겪었던 과거의 일을 하나씩 들려주기 시작합니다. 경하는 인선의 이야기를 꿈인 듯, 현실인 듯 모호한 경계 속에서 듣기도 하고, 예전에 주고받았던 이야기를 떠올리기도 하지요. 가라앉아 있던 제주의 과거는 인선의 이야기 속에서 하나씩 수면 위로 떠오르기 시작합니다. 제주의 집에서 인선은 부모의 삶을 되짚으며 제주 4·3 사건의 전모를 찾고 있었던 것입니다.

인선은 촛불을 들고 밖으로 나옵니다. 경하에게 검은 나무를 심은 곳을 보여 주고자 합니다. 초는 점점 짧아져 사방이 어두워집니다. 경하는 인선이 죽었는지, 자신이 죽었는지 알 수 없습니다. 그러나 인선의 생명이 이어지기를 간절히 기도하며 성냥을 그어 불꽃을 일으킵니다.

경하와 인선과 정심

인선은 경하에게 그녀의 어머니인 정심에 관한 이야기를 들려줍니다. 세 사람 중 제주 4·3 사건을 직접 겪은 사람은 정심뿐입니다. 정심은 1948년 당시 고작 열세 살에 불과했습니다. 그녀는 가족의 죽음을 눈앞에서 목격했으며, 평생 끌려간 오빠를 찾으며 기다려야 했지요. 그녀는 제주 4·3 사건의 역사, 그 자체였습니다.

처음 인선은 어머니가 살아가는 방식과 삶의 고통을 이해하지 못했습니다. 그러나 인선이 자신의 어머니를 제대로 알고 이해하는 과정을 통해 제주 4·3 사건의 실체가 드러납니다. 정심은 납죽이 엎드려 있는 나약한 여성이 아니라 적극적으로 자신의 의지를 실천하는 여성이었지요. 정심을 따라가다 보면 제주 사람들의 삶이 고스란히 전해집니다.

정심은 사건이 발생한 지 오랜 세월이 흘렀어도 잃어버린 오빠 찾기를 멈추지 않습니다. 트라우마로 악몽에도 시달립니다. 실톱을 요 아래 두며 악몽에서 벗어나고자 했지만 여의치 않습니다. 고등학생이었던 인선은 어머니의 모습이 싫어 가출하고 말지요. 낯선 곳을 전전하던 인선은 미끄러져 공사장에 떨어집니다. 인선은 병원 신세를 지고 난 후 집으로 돌아오게 되지요. 정심은 집에 돌아온 인선에게 죽은 이의 얼굴에 떨어진 눈송이 이야기를 해 줍니다.

어렸을 적의 정심과 정심의 언니는 마을 사람들이 한꺼번에 죽임을 당한 모습을 보게 됩니다. 어린 자매는 눈 내린 운동장을 헤매며 부모의 시신을 찾아야 했으며, 총을 맞고 죽어 가는 여덟 살 어린 동생을 업고 당숙네 집으로 가야 했습니다. 이후 정심은 잃어버린 오빠의 행방을 찾아 주정 공장, 대구 형무소를 찾아다녔으며, 유족회 활동을 하며 경산 코발트 광산도 찾아갑니다. 그러다가 대구 형무소에서 수감되었다가 살아남은 인선의 아버지를 만나게 되지요. 정심은 자신의 오빠와 함께 수감되었던 그와 훗날 결혼합니다. 오빠를 찾기 위해 갖은 노력을 다한 정심이었지만, 불행히도 그녀는 오빠의 그림자도, 한 조각의 뼈도 찾지 못했습니다.

잠들지 않는 남도, 제주도

제주도의 아름다운 유채꽃을 '피에 젖었다'라고 하는 노래, 「잠들지 않는 남도」는 제주 4·3 사건의 아픔을 말하고 있습니다. 세월이 흘러도 이 아픔은 사람들의 가슴에 간직되어 있습니다. 그러나 많은 시간이 흘러 사람들의 기억 속에서 차츰 희미해지고 있지요. 그래서 작품에서는 이 사건을 자세히 말해 주는 서술이 많이 등장합니다. 작품 속에서 이 사건이 어떻게 형상화되어 있는지를 살펴보겠습니다.

잃어버린 마을

인선의 집은 처음부터 외딴집이 아니었습니다. 원래 건천을 경계로 나뉜 건너편 마을에도 사람들이 살고 있었지요. 어린 정심과 언니가 당숙네로 심부름을 간 사이에 마을 사람들이 몰살되며 폐촌이 됩니다. 있을 수도 없고 다시는 있어서는 안 될 이런 일은 제주의 중산간 거의 모든 마을에서 자행되었으며, 해안가 일부 마을에서도 같은 일이 벌어졌습니다.

제주 4·3 사건으로 인해 사라진 마을을 '잃어버린 마을'로 통칭하고 있는데요. 지도에서조차 사라져 버린 마을은 300여 곳으로 추정됩니다. 지난 2023년에는 잃어버린 마을 중 하나에서 7세에서 10세 사이로 추정되는 어린이의 유해 2구가 발견되었습니다. 억울하게 죽임을 당한 어린아이들은 70여 년이 흐른 뒤에야 가족의 품으로 돌아갔습니다. 인선의 마을 P읍으로 짐작되는 곳인 표선면 새가름 마을터[4]는 잿더미가 된 이후 현재에도 돌담과 집터만 남은 채 복구되지 못했습니다.

이런 일들이 왜 벌어졌을까요? 8·15 광복 직후 제주도는 여러 문제로 혼란스러웠습니다. 일본으로 건너갔던 사람들의 귀환과 전염병 확산, 미군정의 부정부패, 일제 강점기 경찰이 다시 미군정에서 경찰로 활동하는 등 문제들이 쌓여 있었지요. 그러던 와중 남한 단독 선거를 하게 되었는데, 제주는 남한에서 유일하게 단독 선거를 거부한 지역이었습니다. 대한민국 정부 출범 이후, 이승만 정부는 1948년 11월 17일, 제주도에 계엄을 선포합니다. 해안선으로부터 5km 이상 들어간 중산간 지대부터 모두 폭도로 간주하여 초토화하겠다는 내용이 계엄령에 담겼습니다. 그 겨울 동안 중산간 마을은 95% 이상이 불에 타고 주민들은 집단으로 학살되었으며, 해안 마을의 주민들도 무장대에 협조했다는 의심만 받아도 죽임을 당했습니다.

'절멸이 목적'

정심의 마을 사람 중 군인들이 데려간 사람들은 백사장에서 모두 총살당합니다. 절멸을 목적으로 물애기('젖먹이'의 제주어)까지 모두 죽임을 당했지요. '절멸이 목적'이라는 표현은 당시 군과 경찰이 얼마나 잔혹하게 제주를 진압했는지를 보여 주는 말입니다. 제주도민을 상대로 한 '초토화 작전'은 무장대뿐만 아니라 일반 민간인까지도 적으로 여겨 살해하겠다는 진압 작전입니다. 흔적조차 남기지 않고 완전히 없앤다는 뜻의 '절멸'은 미군 보고서에 나온 "빗자루로 쓸 듯이 (제주도를) 휩쓸겠다."는 표현과도 일치합니다.

화산섬 제주도에는 밖에서 볼 때는 구멍이 작아 보여도 막상 들어가면 내부가 넓은 용암 동굴들이 있습니다. 제주 4·3 사건 당시 인선의 아버지는 서울 진학을 꿈꾸던 열아홉 살 학생으로, 이런 동굴에 숨어 있었지요. 하지만 인선의 할아버지가 인선의 아버지 대신에 총살당합니다. 동굴에서 나온 청년이 자기 대신에 아버지가 죽었음을 알았을 때, 그 심정이 어땠을까요.

당시 증언을 들어 보면 임산부와 노인이 무차별하게 사살당했음은 물론이고, 젖먹이 어린아이까지도 바위에 내리쳐져 죽임을 당했던 사례들이 있습니다. 숨어 있기만 해도 폭도로 간주하여 재판도 없이 즉결

처형되었으며, 주민 명부를 대조하여 한 명이라도 없을 때는 가족을 대신 죽이는 일까지 벌어졌다고 해요. 생명을 앗아 가는 일이 아무렇지도 않게 벌어지던 끔찍한 시절이었습니다.

정심의 오빠를 찾아서

인선의 아버지와 정심의 오빠 정훈은 주정 공장에 수용되었다가 대구 형무소로 이감됐습니다. 인선의 아버지는 먹을 것을 찾기 위해 동굴에서 나왔다가 잠복하던 경찰에게 잡혔던 거지요. 주정 공장에 갇힌 인선의 아버지는 그곳에서 받았던 고문으로 평생을 후유증과 트라우마에 시달립니다.

1949년 3월, 제주도 지구 전투 사령부는 산에서 내려오면 용서하겠다는 달콤한 말로 한라산으로 피난한 사람들을 꾀어내었습니다. 처벌하지 않겠다던 말과 달리 수천 명이 체포되었습니다. 이때 잡혔다가 돌아온 정심의 친척이 있었지요. 그는 주정 공장에 정심의 오빠가 있다는 소식을 전해 줍니다.

비극은 여기서 끝나지 않습니다. 이어서 6·25 전쟁이 발발하고야 말았던 것이죠. 정부는 범죄를 저지를 가능성이 있다는 이유로 사람들을 잡아들였습니다. 이것이 바로 예비 검속인데요, 붙잡힌 사람 중 대부분이 무고한 민간인이었지요. 이와 비슷한 시기에 전국적으로 보도 연맹 사건이 벌어졌습니다. 보도 연맹은 좌익 전향자를 관리한다는 명목으로 만든 조직이었습니다. 전쟁이 일어난 후 정부는 예비 검속으로 잡아들인 사람들뿐 아니라 보도 연맹에 가담한 사람들 대부분을 학살하였습니다.

대구 형무소에서도 수감된 사람들이 너무 많아지자 이들을 골라내어 총살하기에 이릅니다. 당시 경산 코발트 광산에서는 약 삼천오백 명이 희생되었습니다. 정심의 오빠가 대구에서 진주로 옮겨졌다는 기록이 남아 있었지만, 스탬프 아래 '군경에 인도'했다는 수기 글씨가 기록의 진실을 의심하게 합니다. 수기 글씨를 통해 정심의 오빠가 그곳에서 희생되었음을 짐작할 따름입니다.
　진주로 이감된 날짜를 오빠의 기일로 하자는 언니와 달리, 정심은 끝까지 포기하지 않습니다. 대구 형무소에서 진주로 이송된 수감자 중 오빠의 이름이 없으니 총살당했을 것이라는 추측과, 살아서 인가에 도망쳐 왔던 청년이 오빠일 것이라는 추측이 평행선을 달립니다. 정심은 평생을 행방불명된 오빠를 찾아 헤매게 됩니다.

기억을 위한 서사의 방식

제목, '작별하지 않는다'

　『작별하지 않는다』는 "어떻게 작별하지 않을 수 있을까?"에 초점이 맞추어져 있습니다. 쉽게 내뱉을 수도 없는 이 엄청난 폭력과는 결코 작별할 수 없으며, 작별하지 않아야 합니다. 그렇다면 우리는 무엇을 해야 작별하지 않는 삶을 살 수 있을까요.
　제목에 사용된 문장 진술 방식을 먼저 살펴보겠습니다. '~ 하지 않았다'가 아니라 '~ 하지 않는다'라고 표현되어 있습니다. '-는다'는 현재형 서술로 지금 시점을 기준으로 한 동작이나 상태를 표현합니다. 과거형이 아니라 현재형으로 작별하지 않는 태도가 계속 이어지고 있음을 강조하고 있지요. 이 문장을 통해 '작별하지 않겠다'는 작가의 실천적 의지를 엿볼 수 있습니다.

그리고 이 문장은 부정의 형식입니다. '않는다'라는 부정의 형식은 망각을 거부하고자 하는 의지적 표현으로 읽힙니다. 또 주어가 없어 작별하지 않겠다는 주체가 누구인지 불분명합니다. '나'가 주어라면 개인적 의지에 해당하겠지만, '우리'가 주어라면 우리 모두 그 행위의 주체가 되어야 한다는 말입니다. 『작별하지 않는다』의 영어 번역이 『We Do Not Part』임을 보아도 이를 이해할 수 있습니다.

당시의 일은 정심을 비롯한 제주 4·3 사건 피해자와 유족들에게는 영원한 현재형이에요. 억울하게 당한 일과 찾지 못한 가족에 대한 문제가 해결되지 않는 한 그들의 시간은 흐르지 않을 것입니다. '제주 4·3 사건'은 역사적 아픔으로 남았습니다만, '작별하지 않는다'라는 문장을 읽는 순간 우리는 그 역사적 아픔을 기억하는 사람이 됩니다.

굳이 경하를 제주도로 보내다

경하의 시간은 5·18 민주화 운동에서 현재로, 다시 제주 4·3 사건으로 흘러갑니다. 시간의 흐름과 함께 공간 또한 광주에서 제주로 이동합니다. '제주'라는 섬이 주는 특징과 정서는 남다릅니다. 외부와 차단된 고립감, 그 안에서 벌어진 잔인무도한 일들, 섬사람들 스스로 가슴 깊이 묻어 버린 침묵, 생경한 단어와 문장들로 가로막힌 보이지 않는 벽.

그들의 고통과 상처에 더 가까이 다가가기 위해서는 그들과 같은 곳에서 같은 것을 바라보아야 하지요. 그러므로 제주의 아픔을 여실히 보여 주기 위해 작가는 작중 인물인 경하를 제주로 보낼 수밖에 없었습니다. 70년이 훨씬 지나 버린 사건으로 시간적 거리는 멀어졌지만 아직 공간은 거기에 그대로 있기 때문입니다.

 작가는 경하를 굳이 제주에 가게 하고, 눈보라 속에서 길을 잃고 헤매게 하여 고통을 줍니다. 경하가 제주에 갈 수밖에 없었던 필연적인 장치는 여러 가지가 있습니다. 인선은 손가락 절단 사고로 서울 병원에 머물게 되어 미처 새를 돌볼 수 없게 됩니다. 인선 대신 제주에는 새를 돌봐 줄 그 누구도 없었지요. 이동하지 못하는 인선 대신 경하에게 새를 구해야 하는 책임이 주어졌습니다. '해 떨어지기 전', '오늘 안'으로 가야만 새를 살릴 수 있었지요. 경하는 옷도 제대로 갖추지 못하고 상비약마저 챙길 새도 없이 출발하게 됩니다. 인선의 앵무새를 살리기 위해 경하가 제주 인선의 집까지 가는 과정은 소설에서 상당한 분량을 차지합니다. 제주에서 고된 여정을 겪음으로써 경하는 타인의 고통에 공감하게 됩니다.

 구태여 거기까지 찾아가서 죽음의 코앞에까지 놓이는 경하의 모습은 제주의 아픔을 기억하기 위한 방식입니다. 제주의 아픔이 '그때 거기'에서 '일어난' 일에 그치는 사건이 아니라, '지금 이 자리에서' 느껴야 하는 일임을 보여 주는 것이지요. 그들의 아픔을 자신의 것처럼 온몸으로 느끼기 위해서는 그 안으로 직접 걸어 들어가야 했습니다. 동시에 작가가 보여 준 경하의 고행은 어느 시점, 어느 자리에서든 고통스러운 역사가 되풀이될 수 있다는 뼈아픈 조언이기도 합니다.

말할 수 없는 자에게 이야기하게 하기

인선의 다큐멘터리에는 '살아 있는 자'와의 인터뷰가 실려 있지만, 마지막 컷은 '살아 있지 않은 자'를 보여 줍니다. 예비 검속으로 총살된 수많은 이들 중 한 사람임에 분명한 그 유골의 주인은 말이 없습니다. 그의 삶은 추정만 가능할 뿐 구체적 진실은 알 길이 없습니다. 죽은 자는 말이 없지만 가장 많은 이야기를 품고 있는 자입니다. 그들의 이야기를 직접 듣는 방법은 오직 영혼과 만나는 길밖에 없겠지요.

『소년이 온다』에서는 말하지 못하는 존재인 '영혼'에게 이야기할 기회를 주고 그의 눈으로 현장을 지켜보게 함으로써, 『흰』에서는 죽은 자에게 산 자의 삶을 빌려줌으로써 혼과 연대하고 공감하고 있습니다. 『작별하지 않는다』에서도 '혼'은 큰 자리를 차지하며 실제와 상상을 넘나들며 대화가 불가능한 상황을 가능으로 이끕니다. 경하는 위험천만했던 눈길을 지나 인선의 집에 도착한 이후에 인선을 만나게 됩니다. 그런데 인선은 혼의 형태로 경하와 함께하고 있지요.

경하는 인선의 혼을 만나고 혼란스러워합니다. "인선이 혼으로 찾아왔다면 나는 살아 있고, 인선이 살아 있다면 내가 혼으로 찾아온 것일 텐데, 이 뜨거움이 동시에 우리 몸속에 번질 수 있나?"와 같이 자문합니다. 경하가 혼란스러웠던 이유는 지금 자신의 앞에 있는 존재가 실재하지 않는 영혼이기 때문이에요. 죽은 사람과 산 사람은 나란히 존재할 수 없으니까요. 그러나 경하는 곧 위화감을 버립니다. 영혼을 받아들이며 함께 대화하고 공감하기 시작합니다. 그녀는 새의 영혼을 대할 때도 같은 태도를 보여 줍니다.

마찬가지로 독자도 경하처럼 혼란을 겪습니다. 독자는 소설 속 이야기를 서사로 이해하기 때문입니다. 독자의 입장에서는 경하가 눈 속에서 헤매다가 고통받으며 죽은 것인지, 병원에 있는 인선이 유명을 달리한 것인지, 경하와 인선 둘 다 죽음을 맞이한 영혼 상태인지, 이도 저도 아니라면 사경을 헤매는 경하의 상상 속인지 명확하지 않지요. 그러나 그녀들의 생존 여부에 대한 결론은 플롯을 중심으로 한 서사적 측면으로는 중요할지 모르나, 정심의 삶과 제주인이 겪은 4·3을 그려 내야 한다는 주제적 측면에서는 중요하지 않습니다. 인선은 간절하게 생각하면 만난다고 했습니다. 이를 증명하듯 경하는 혼의 형태인 인선과 정신적으로 연결됩니다.

경하는 인선에게 제주 4·3 사건 이야기를 듣습니다. 제주 4·3 사건을 직접 겪은 세대는 인선의 어머니와 아버지입니다. 인선의 아버지는 고문 후유증을 겪다 일찍 죽었으며, 어머니 정심은 치매를 앓는 상태에서도 과거에 겪었던 일로 괴로워합니다. 인선은 정심이 겪었던 경험과 이후의 과정을 경하에게 들려주지요. 인선은 자신의 통증이 존재하는 곳이 곧 정심이 다녀온 곳이었음을 알게 됩니다. 인선은 경하와 함께 검은 나무를 심은 곳으로 나아갑니다. 이제 누가 영혼이고 누가 실재인지를 구분하는 일은 무의미합니다.

한강 작가는 노벨상 수상 연설에서 "산 자가 죽은 자를 구할 수 있는가?"라는 질문이 "죽은 자가 산 자를 구할 수 있는가?"로 확장되었다고 했습니다. 산 자와 죽은 자가 서로를 구하는 것이 가능함을 이 소설에서 보여 줍니다. 경하는 인선에게 사라지지 말라며 그녀의 손을 잡겠다고 생각하지요. '다시 환부에 바늘이 꽂히는 자리에서' 고통을 공유하고,

'피와 전류가 함께 흐르는 곳에서' 다하지 못한 생과 남은 생을 이어 나갈 것입니다. 그렇게 괴롭더라도 끊임없이 꺼내어 듣는 것, 그럼으로써 함께 아파하는 것, 죽음이 죽음으로 끝나지 않게 하는 것, 기억을 영원하게 하는 것. 그것이 『작별하지 않는다』에서 보여 주는 기억의 길입니다.

아카이빙이 이끄는 이야기

기록물을 정리하여 보관하는 것을 '아카이빙(Archiving)'이라고 합니다. 아카이빙은 역사적 사건의 증거를 보존함으로써 과거에 대한 이해를 돕고, 잊지 말아야 할 일들을 기억하게 합니다. 또한 지난 사건을 왜곡, 변형하거나 삭제하지 않게 함으로써 미래를 준비하게 하지요. 소설 속에서 아카이빙은 다양한 방식으로 활용됩니다. 자료를 통해 작품 속 인물들이 겪었던 과거가 드러나면서 현재 인물의 삶과 얽히기도 하고 하나하나를 추적해 가면서 묻혀 있던 진실이 밝혀지기도 하지요.

『작별하지 않는다』에서도 이러한 방식이 효과적으로 쓰이고 있습니다. 작품 안에서 아카이빙은 문서, 사진, 증언, 유품, 편지 등 다양한 형태로 사용되며, 이를 통해 아픈 역사를 다양하게 재현합니다.

인선이 자료를 찾고 수집하는 과정은 증언을 활용하는 방식입니다. 인선은 비행기에서도 기사와 사진을 수집하고, 다큐멘터리 영화를 제작하며 노인들을 인터뷰하기도 합니다. 인선의 집에서 이야기가 전개될 때 아카이빙을 활용한 방식이 두드러집니다. 경하는 인선의 영혼과 함께 정심의 삶을 따라가게 되지요. 신문 기사와 증언집 등의 사료들을 노출함으로써 드러나지 않았던 정심의 과거가 조금씩 형태를 갖추게 됩니다. 인선은 경하에게 스크랩된 자료들을 보여 주며 정심이 들려주던 말, 아버지에게 듣던 말, 다른 이들의 증언들까지 하나씩 풀어 놓지요. 여기에는 정심이 그녀의 오빠 정훈과 주고받은 편지도 소중한 기록으로 더해집니다.

증언을 활용하는 방법 중 이 소설에서 독특하게 보이는 점이 있습니다. 정심의 언어로 구술되는 이야기와 인선의 말로 옮겨진 정심의 이야기가 제주어와 표준어로 병치되어 있다는 것입니다. 이러한 방식은 두 사람의 증언에 실재감을 더합니다. 자료의 성격에 따라, 같은 사건 속 동일한 인물의 말이라도 말투가 다르게 표현되며 내용이 가감되는 경우도 있지요. 제주 마을 단위 증언 자료집은 바닷가 모래밭에서 사람들이 총살당해 바다에 던져진 모양을 "꼭 옷들이 물우에 둥둥 떠다니는 것추룩 보여서."와 같이 구술 녹취한 제주어를 그대로 보여 줍니다. 동일한 장면이지만 취재 기사를 담은 잡지 책자에는 "처음엔 옷가지들이 바다에 떠 있는 줄 알았는데 그게 다 죽은 사람들이었지요."와 같이 표준어로 옮겨져 있어요. 더하여 사람들이 총살당했던 자리가 밤새 썰물로 깨끗해졌다는 말과 함께 더 이상 바닷고기를 먹지 않는다는 이후의 증언까지 추가됩니다. 같은 사건에 대한 증언이 중첩될 때 이를 서로 비교해 보면 숨어 있던 내용들이 확장되고 있음을 알 수 있습니다.

시간과 공간을 되짚으며 읽기

이 소설은 시간이 복합적으로 배열되어 있어 단숨에 읽기보다 되짚으며 읽어야 흐름과 전개를 제대로 이해할 수 있습니다. 경하의 경험과 인선, 정심의 이야기가 맞물리며, 과거와 현재가 서로 떨어지고 맞물리기를 반복합니다. 소설 속에서 현재의 시간은 비교적 단순하게 흐르지만, 현재에서 떠올리는 과거의 시간은 그 길이와 비중이 사뭇 다릅니다. 현재에 놓여 있는 인물의 생각이 끊임없이 과거로 갔다가 다시 현재로 돌아오는데 그때마다 사건들의 아귀가 맞춰집니다.

경하가 제주의 눈보라 속에서 길을 잃고 헤맬 때 그녀는 수없이 과거로 다녀옵니다. 현재의 경하는 폭설 속에서 예전 인선과 나누었던 대화를 떠올립니다. 인선과 처음으로 친구가 되었던 국숫집 회상에서는 인선이 열여덟 살 가출했던 이야기, 정심이 요 아래 깔고 잤다는 실톱 이야기, 인선에게 해 줬다는 콩죽 이야기 등이 중간중간 현실의 장면과 중첩되며 등장합니다. 버스 안에서는 두통에 시달리다가 인선과의 대화를 떠올리기도 하고, 길을 잃고 미끄러진 이후 인선의 다큐멘터리 내용을 떠올리기도 하지요. 경하가 지독한 추위에 시달릴 때는 과거의 시간을 지그재그로 오가며 우리에게 이야기를 들려주기도 합니다.

인선의 집에 도착한 경하는 인선의 영혼과 만납니다. 추위를 견디는 경하에게 인선은 그동안 정심이 수집해 온 자료들을 보여 줍니다. 예전에 정심이 겪었던 이야기들을 꺼내면서 거기에 정심이 인선에게 해 준 이야기들을 덧대어 꿰맵니다. 현실의 경하는 상상의 인선이 들려주는 과거의 정심 이야기를 듣는 것이지요. 정심이 오빠를 찾기 위해 조각조각 흩어진 증거들을 수집하며 추적해 가는 과정은, 인선이 자신의 어머니에 대해 알아 가는 과정과도 일치합니다. 경하는 인선이 들려주는 이야기를 통해 그녀가 검은 나무 프로젝트를 고집하는 이유를 알아차리게 되지요. 서로를 간절하게 생각하는 일은 제주의 아픈 상처에 손을 없어 위로하고자 하는 연대의 약속이었습니다.

그렇게 우리는 읽는 내내 인물들이 놓여 있는 시공간을 누비면서, 읽다가 멈추고 다시 되새기는 작업을 계속하게 됩니다.

애도하는 방법

검은 나무 프로젝트 '작별하지 않는다'

경하는 그 도시에 대한 소설을 쓴 이후 묘지에 대한 꿈을 꿉니다. 꿈이 말하고자 했던 것이 무엇이었는지, 꿈을 꾸고 난 이후의 자기 감정과 고통을 되돌아봅니다. 그것은 불안이나 고통이라는 감정이 아니라 '이가 부딪치도록 차가운 각성'이었음을 인식하게 됩니다. 물에 잠긴 묘지가 '앞으로 남겨진 내 삶을 당겨 말해 주고 있었다.'는 깨달음 이후 글을 써야겠다고 생각하게 됩니다. 경하는 영화감독 인선에게 아흔아홉 그루의 검은 통나무를 심고 이를 기록 영화로 남기자고 제안하지요. 그 프로젝트의 제목은 「작별하지 않는다」입니다. 먼저 제안한 경하는 이 프로젝트를 진행하지 못했지만 인선이 혼자서 이 일을 계속하고 있습니다.

검은 나무 프로젝트의 구체적인 계획을 살펴보면 이것이 바로 희생당한 이들에 대한 애도임을 알 수 있습니다. 검은 나무에 대해서는 여러 가지로 해석할 수 있지만 대체로 하나로 통합니다. 검은 통나무가 꿈에 나왔을 때 경하는 이를 '묘비'라고 인식하였으며, 인선의 집에서 검게 칠해진 나무들을 보며 '악몽을 견디'며 '전율을 누르고 있는 것'

같다고 했습니다. 또한 인선은 통나무를 등신대의 형상으로 만들겠다고도 했지요. 그렇다면 검은 나무는 고통스럽게 죽은 사람들과 밀접한 관련이 있으며 이들을 상징하고 있음을 확인할 수 있습니다.

검은 통나무를 심는 시기는 땅이 얼기 전 11월 중순입니다. 이때는 공교롭게도 제주 4·3 사건 당시 계엄이 선포되던 계절이었지요. 본격적으로 초토화 작전이 실시된 시기와 일치합니다. 이러한 11월에 '아흔아홉 그루'를 심는 것입니다. 경하는 숫자 99에 '무한으로 열리는 숫자'라는 설명을 덧대었습니다. '아흔아홉 그루'를 심는다면 '무한에 가깝게 많은' 사람들을 향한 '영원한' 기도와 위로가 될 것입니다.

경하는 '먹'을 '깊은 밤으로 지은 옷'이라 했습니다. 그러므로 '먹'을 입히는 행위는 수의조차 제대로 마련하지 못한 채 희생된 이들에게 이제야 정성스럽게 수의를 입히는 일입니다. 눈조차 제대로 감지 못한 이들이 한을 풀고 하늘로 돌아갈 수 있도록 돕는 행위이지요. 경하는 검은 나무 프로젝트가 끝나면 '흰 천 같은 눈'이 나무를 덮어 주기를 바랍

▼ 강문석·고길천·이원우·정용성·문무병, 「귀천」,(사진: 황문희)

니다. 이는 마치 하얗고 정갈한 천으로 덮은 관의 모습과도 비슷합니다. 이 프로젝트 자체가 장례식 장면 같지 않나요?

제주 4·3 평화 공원 야외에는 「귀천(歸天)」이라는 조형물이 있습니다. 남자, 여자, 소년, 소녀, 아기가 입을 다섯 종류의 수의가 부조되어 있습니다. 제주 4·3 사건 희생자에는 어른, 아이 할 것 없이 모든 연령대의 사람들이 섞여 있지요. 이 조형물에는 희생자들이 각자의 몸에 맞는 수의를 입고 하늘로 돌아가기를 바라는 간절한 마음이 담겨 있습니다. 검은 나무 프로젝트를 하고자 했던 마음과 이 부조물에 담긴 마음은 한가지일 것입니다.

침묵을 깨뜨리는 다큐멘터리

작품에 나온 문장, '속솜허라'는 인선의 아버지가 동굴에서 가장 많이 했던 말이에요. 이것은 아무 소리도 내지 말고 조용히 하라는 뜻입니다. 소설 속에서 이 단어가 상징하는 바는 간단하지 않습니다. 사건 당시에는 목숨을 살리기 위한 최소한의 말이었고, 사건 이후에는 다시 그 일을 겪지 않기 위한 최대의 방어막이었습니다. 제주어가 사용된 부분을 눈여겨보면, 외부인에게는 단절감을, 지역 당사자들에게는 경계심과 고립감을[5] 드러내게 하는 역할을 하고 있음을 눈치채게 됩니다. 제주 사람들에게 경하는 타지인입니다. 인선에게 다정한 제주어를 건네던 정심은 경하에게는 "잘 놀다 가세요."라며 표준어로 인사하며, 지역 할머니에게 제주어로 말하던 버스 기사도 경하에게는 표준어로 응대합니다. '속솜허라'가 주는 작품 속 맥락을 살핀다면 제주인들이 왜 그토록 당시 사건에 대해 말하기를 꺼리고, 외지인을 경계했는지를 알 수 있어요.

영화감독 인선은 세 편의 단편을 연결하여 장편 영화 「삼면화」를 만들 계획이었지요. 제작된 단편 영화는 베트남의 한국군 성폭력 생존자 인터뷰 기록, 치매 걸린 독립군 할머니의 일상, 그리고 자기 자신에 대한 인터뷰로 이어집니다. 마지막 인터뷰 영상에는 인선의 모습은 나타나지 않으나 제주 4·3 사건과 관련된 영상들이 삽입되어 있습니다. 그리고 동굴에 숨어 살던 아버지에 관한 이야기가 흘러나옵니다. 영상의 끝부분에서는 수많은 유골이 묻힌 구덩이가 클로즈업됩니다.

인선의 다큐멘터리 영화는 폭력에 무방비로 노출되었던 이들에게 말할 수 있는 시간과 공간을 허락합니다. 경하는 인선의 영상 속 노인의 대답을 '오랜 시간 그 만남을 기다려 온 사람의 대답'이라고 생각합니다. 오래도록 기다려 온 사람의 대답, 만남을 기다려 온 사람의 대답. 이 대답들은 오래 침묵하고 갇혀 있었습니다. 그 목소리를 이끌어 세상에 말하게끔 하는 것. 그리하여 우리에게 있어서는 안 될 일들을, 기억해야 할 일들을 되살리게 하는 것. 그것이 인선이 행하던 애도의 방식이었습니다.

기억하는 방법

계속 피가 흐르도록

인선이 잃어버린 것은 검지와 중지의 첫 마디였습니다. 검은 나무 프로젝트를 하던 중 전기톱에 손가락을 잘렸지요. 그 순간의 아픔도 아픔이지만 회복의 과정에 상상하지 못했던 고통이 있었다는 점에 주목해 보겠습니다.

절단된 손가락을 봉합했지만 이로써 인선의 고통이 멈추는 것은 아니었지요. 봉합한 부위에 통증을 계속 느껴야만 신경이 죽지 않는다고 합니다. 병원에 누운 인선은 꼼짝없이 3분에 한 번씩 3주간 바늘로 찔립니다. 신경을 살리려면 '봉합 부위에 딱지가 앉으면 안 되기' 때문입니다. 피가 계속 흐르도록 하기 위해서, 신경과 신경을 잇기 위해서 인선은 고통을 견뎌야 했지요. 지금 당장 참을 수 없을 만큼 아프다고 해서 잘린 손가락 마디를 포기할 수는 없습니다. 포기한다고 하더라도 환지통으로 영원히 고통받을 테니까요. 게다가 손가락이 없으니 환지통은 치료할 수조차 없게 됩니다. 인선은 평생에 걸칠 고통을 거부하고, 3주간의 극심한 고통을 선택합니다.

손가락 마디가 잘린 고통은 제주 4·3 사건 당시 희생된 이들의 고통에 비할 바가 아닙니다. 인선은 까무러칠 듯한 아픔을 겪으며, 경하가 쓴 책 속의 사람들을 떠올립니다. "총에 맞고,/ 몽둥이에 맞고,/ 칼에 베여 죽은 사람들"을요. '딱지가 앉'는 것은 아픈 역사와 희생을 '잊음'이라는 딱지로 덮어 버리는 것과 같습니다. 그들의 아픔과 상처를 잊는다면 우리는 영원히 환지통에 시달릴지도 모릅니다. 우리의 아픈 역사가 광주나 제주에 그치거나, 과거의 일이 미래에 되풀이되지 않으란 법이 없지요. 바로 이것이 상처를 기억해야 하는 이유입니다.

경하는 인선과는 다른 형태의 고통을 겪고 있습니다. 약도 없이 두통에 시달리며 고립된 채로 눈 속에서 사경을 헤매고 있지요. 소설 속 인물들이 고통스러운 상황에 놓인 이유는 단 하나, 겪어 보지 않으면 모르기 때문입니다. 고통에 공감하기 위해서는 고통에 자신을 밀어 넣어야 한다는 작가의 생각이 투영됩니다. 평론가 신형철은 『작별하지 않는다』의 추천사에서 "이만한 고통만이 진실에 이를 자격을 준다는 듯이, 고통에 도달하는 길은 고통뿐이라는 듯이"라고 했습니다. 이처럼 작가는 고통을 통해서 인물을 진실에 더 가깝게 이르게 하고 있습니다.

 결코 약해 보이지 않았던 그녀, 정신력이 강한 인선은 영혼의 형태로 경하 옆에 와 있습니다. 어둠 속에서 경하는 인선을 향해 "아직 사라지지 마."라며 온 마음을 겁니다. 인선이 곁에 있다면 자기 손가락을 상처 내어 피를 주겠다고 하며, 곁에 없다면 그녀가 병상에서 눈을 떴을 것이라고 가정합니다. "사라지지 마."라는 말은 인선의 피를 영원히 흐르게 하려는 주문과도 같습니다. 죽어 가고 잊힌 모든 것에 피를 나누어 사라지지 않게 해야겠습니다. 역사의 혈관 구석구석에 따뜻한 피는 계속 돌아야 하니까요.

지극한 사랑

 『작별하지 않는다』는 사랑에 대한 소설일까요? 이 질문에 대한 답을 단적으로 하자면 "그렇습니다."입니다. 한강 작가는 작품 말미의 '작가의 말'에서 "이것이 지극한 사랑에 대한 소설이기를 빈다."라며 작품 전체에 흐르는 방향성을 보여 주고 있습니다. 사랑의 범위와 대상은 인물마다 조금씩 다르게 나타나지만, 밑바닥에 깔린 본질적 사랑은 하나로 통하고 있습니다.

잃어버린 오빠의 흔적을 찾아다니는 정심은 결코 포기하지 않겠다는 의지를 드러냅니다. 제주 4·3 사건은 수많은 희생자를 남겼으며, 그 와중에 행방불명자 또한 수를 세기 어려울 만큼 많이 발생했습니다. 죽었는지 살았는지도 알 수 없거나 어디서 죽었는지조차 알 수 없는 그들. 어떤 이는 가족의 생사 확인을 포기했으며, 어떤 이는 사랑하는 가족이 행방불명되었다는 사실마저도 남에게 알려질까 봐 쉬쉬했습니다. 어렵고 혼란스러웠던 시절이었습니다. 하지만 어찌 마음에 품은 가족을 버릴 수 있겠습니까? 정심은 그 누구보다도 적극적으로 행방불명자를 찾기 위해 노력합니다. 끝까지 놓지 못했던 가족의 흔적을 찾으며, 때로는 기억하고, 때로는 기대하면서, 끊임없이 흔적을 꿰어 맞추며 비어 버린 구멍을 메우려는 노력. 그 자체가 바로 사랑이었습니다.

　유해 발굴과 신원 확인을 위한 작업도 정심의 노력과 같은 고리입니다. 제주 4·3 사건으로 시신을 찾을 수 없는 행방불명자는 4천 명에 달합니다. 제주도에서는 2006년 화북천의 유해 발굴을 시작으로, 제주 국제공항, 표선, 안덕, 애월 지역 등에서도 발굴 작업이 이어졌습니다. 70여 년 전에 제주 공항 활주로에 묻혔던 유해 중에서 2025년에야 신원이 확인된 분도 있습니다. 그들은 1950년 6·25 전쟁 발발 후 예비 검속 과정에서 희생된 29세의 청년과, 제주 4·3 사건 당시 제주도민의 진압에 나서지 않았다는 이유로 죽임을 당한 22세의 군인이었습니다. 그것은 70년도 훨씬 전에 잃어버린 가족을 찾기 위해 유가족들이 적극적으로 유전자 검사를 받으며 노력했기에 밝혀질 수 있었던 일이었지요. 세월이 지나도 지극한 사랑은 끊기지 않습니다.

　피붙이를 찾고자 하는 노력은 개인적 감정을 초월합니다. 이 사랑은 역사와 공동체의 아픔을 치유하려는 사랑으로 이어집니다. 개별적 사랑이 공동체에 대한 깊은 애정으로 되살아나는 모습을 인선에게서도 엿볼 수 있습니다. 사랑의 끈은 참으로 질긴 것이어서, 인선은 희생자들의 삶을 되새기며 그들의 이야기를 세상에 알리는 일을 멈추지 않습니다. 인선의 행동은 희생자들을 잊지 않겠다는 다짐을 실천하는 일이었습니다. 경하 또한 마찬가지로 무지막지한 권력에 의해 희생된 이들을 소설로 그려 내었습니다. 한강 작가가 이 소설을 써 내려 가는 작업 또한 사랑의 한 형태로 볼 수 있겠지요.

단순 기억에 그치지 않고, 생명에 대한 존엄과 가치를 무겁게 여기며 기억하기 위해 애쓰는 일. 추모에 그치지 않고, 찾아 나서 세상에 침묵 대신 기억을 건네는 일. 개인의 아픔에서 벗어나 타인의 아픔에 공감하고 연대하는 일. 이런 일들이 바로 '지극한 사랑', 그 자체가 아닐까요?

정성을 다하는 태도

가장 가까운 이, 자신의 곁에 있는 소중한 사람을 지키고자 하는 마음은 누구에게나 있습니다. 그것은 책임이나 의무가 아니라 내면에서 저절로 우러나오는 마음이기 때문이지요. 우리는 사랑하는 사람을 위해 온 정성을 다하기도 하고 때로는 자신을 내려놓기도 합니다. 『작별하지 않는다』에서 이런 마음이 오롯이 드러난 소재 중 하나가 '콩죽'입니다.

허기지고 지친 이의 회복을 바라는 마음을 담아 죽을 쑤어 주는 인물들의 모습에는 정성이 가득 들어 있습니다. 정심은 꿈속으로 찾아온 인선에게 "죽 한 그릇 얻어먹엉 살아나젠"이라며 죽을 쑤어 줍니다. '한 순가락만 먹어 줬으면 하고 속으로 빌'면서요. 상대방의 고통과 허기를 덜어 힘을 내어 살아 주기를 바라는 간절함이 '죽 한 그릇'에 담겨 있습니다.

이렇게 정심이 딸 인선에게 내놓은 죽과, 인선이 치매에 걸린 어머니와 제주 집으로 찾아온 경하에게 끓여 준 콩죽은 따뜻함으로 연결되어 있습니다. 그 따뜻함은 춥고 배고픈 이에게 내놓는 정성이며, 아픈 이에게 치유의 힘을 더하고 싶은 마음이지요. 그러므로 콩죽은 마음을 다한 표현이며, 간절함을 담은 기도이기도 합니다.

절실한 바람을 보여 주는 또 다른 일화는 어린 정심이 죽어 가는 동생에게 피를 나눈 일입니다. 피를 많이 흘린 동생을 살리기 위한 마음 하나로 정심은 자신의 손가락을 깨물지요. 어린 동생은 유치가 빠질 시기였나 봅니다. 정심은 동생의 앞니가 빠진 자리에 자신의 손가락을 넣어 피를 흘려보냈지요. '동생이 아기처럼 손가락을 빨았는데, 숨을 못 쉴 만큼 행복했'다던 정심입니다.

죽어 가는 동생이 손가락의 피를 빨 때 느낀 그 행복감은 여린 생명을 지키고자 하는 마음이었습니다. 꺼져 가는 생명을 되살릴 수도 있겠다는 간절한 희망과 기대였지요. 총에 맞은 동생은 언니들이 자신을 구해 줄 거라는 생각으로 집까지 기어 왔습니다. 정심은 동생의 마음까지 꼭 끌어안으며 그 기대를 실현해 주고 싶었습니다. 부모를 모두 잃고 나서 동생마저 잃을까 두렵고도 불안한 밤, 정심은 함께 살고자 하는 희망을 실낱같이 품었습니다. 깊은 가족애와 생명을 귀히 여기는 마음이 자신의 일부를 내어 주는 일을 망설이지 않게 했습니다.

작은 생명도 귀히 여기는 마음은 경하의 행동에서도 드러납니다. 앵무새의 생명을 꺼뜨리지 않으려 눈보라를 뚫고 앞으로 나아갔던 경하입니다. 새의 생명이 끝났음을 알았을 때도 포기하지 않지요. 경하는 정성껏 앵무새의 장례를 치러 줍니다. 작은 생명의 끝을 정성스럽게 마무리하고 애도하였습니다.

상대방을 위해 정성을 다하는 일은, 존재를 귀하게 여기는 마음입니다. 생명 안에 깃든 의미를 잘 알고 마음을 다해 존중하는 태도입니다. 생명의 소중함이 작고 크다거나 하며 비교하는 일은 무의미합니다. 행위와 생명의 외형적 특징을 넘어선 마음의 깊이가 울림 있게 다가옵니다.

왜 기록해야 할까요?

진실된 기록, 그리고 진상을 알리는 일은 사라진 목소리를 되찾는 데 가장 큰 역할을 합니다. 그러므로 사회와 역사의 고통을 써 내려 가는 것은 매우 중요한 일입니다. 특히 제주 4·3 사건처럼 역사의 폭풍 속에서 목소리를 잃은 이들을 대변하는 일은, 사회적으로 도덕적 책임을 수행하는 과정이기도 하지요.

제주 4·3 사건의 비극을 처음으로 문학에서 이야기한 작품은 현기영의 『순이 삼촌』입니다. 제주 북촌 마을에서 일어난 학살을 사실적으로 표현하여 많은 사람에게 감동과 충격을 주었습니다. 이 작품은 유신 독재 시절에 발표되었는데요, 작품 출간 이후 현기영 작가는 고문당했으며, 책은 판매 금지되었지요. 그렇지만 제주도민들의 억울함을 풀고 진실을 알리려는 현기영 작가의 용기는 제주 4·3 사건을 세상에 널리 알리고 연구하는 데에 아주 큰 기여를 하게 됩니다. 입을 다물어 버린 이들의 목소리를 세상에 들려주는 일은 단순한 기록이 아니라, 감정적 공감을 통한 기억의 전달이자 사람들을 움직이는 동력입니다.

이와 같은 맥락에서 한강의 소설 『작별하지 않는다』는 문학이 증언의 또 다른 방식이 될 수 있음을 증명하고 있습니다. 한강은 영국의 일간지 '더 가디언(The Guardian)'과의 인터뷰에서도 "그들은 죽어서 증언을 할 수 없었고, 그들에게 자기 몸과 목소리를 빌려주고 싶었다."[6]라고 했습니다. 작가는 그들의 목소리를 대신하여 시대의 증인이 되었으며, 진실을 규명함으로써 변화를 꿈꾸는 대변인이 되었다고 볼 수 있지요.

기록하여 알리는 일은 기억과 공유의 강력한 방법입니다. 특히 기록은 개별적으로 존재하고 있던 것들을 사회적인 기억으로 구체화합니다. 기록은 단순히 데이터 정보를 쌓는 데 그치지 않습니다. 사회적 기억으로 승화한 기록은 시간과 공간을 초월하여 널리 퍼지며 오래 나아가지요. 과거의 실수를 반복하지 않도록 돕고, 과거의 상처를 치유하여 미래로 나아갈 수 있게 합니다.

한강 작가의 글쓰기는 망각에 맞서는 문학의 힘을 지녔습니다. 그것은 들리지 않았던 목소리를 들리게 하는 힘, 잊힌 일들을 다시 불러내어 살아 있게 하는 힘이지요. 고통과 아픔을 공유하는 이야기로 희생자들에게 위로를, 상처 입은 자들에게 치유를, 후대의 우리에게는 깊이 공감하는 시간을 주며 서로를 연결합니다. 그러함으로써 한강 작가는 남은 자의 '책무'[7]를 독자에게도 이어 주고자 합니다. 이제 우리에게 들려주는 『작별하지 않는다』의 메시지가 들리나요?

가벼우나 가볍지 않은 소재

그때 그곳에 내리던 '눈'이 지금, 여기에도

   이 작품의 첫 문장부터 '눈'이 내립니다. 마지막 장면에서도 경하와 인선은 눈 속에 있습니다. 꿈속의 눈은 현실의 제주 눈보라와 연결됩니다. 또한 경하와 인선이 국숫집에서 눈을 맞았던 것처럼 서울 병원에서도 눈이 내리지요. 어린 정심이 학교 운동장에서 죽은 이의 얼굴에 떨어진 눈을 본 것처럼, 경하는 미끄러져 떨어진 건천에서 얼굴에 쌓인 눈을 닦아 냅니다. 이렇게 '눈'은 현재와 과거를, 저 사람과 이 사람을, 사건과 사건을 이어 주는 매개체로 작동하고 있습니다.

   경하는 제주의 눈 속에서 추위를 버티다가 물의 순환에 대해 생각합니다. 인선이 맞고 자란 눈송이, 인선의 어머니가 본 죽은 이들 얼굴에 쌓인 눈, 지금 자기 얼굴에 떨어지는 눈이 다른 것이 아님을 알아챕니다. 이로써 '눈'을 통해 모든 일이 순환되고 있음을 깨닫습니다. 다섯 살의 첫눈, 서른 살의 소낙비, 70여 년 전 제주에서 죽은 이들의 얼굴에 덮인 눈, 베트남에 내린 폭우까지 모두 같은 것이었음을요.

   정심의 눈송이 이야기는 어린 여자아이가 겪었을 불안과 트라우마를 짐작하게 하는데요. 마을 사람들이 한꺼번에 죽임을 당한 그날, 가족의 시신을 찾기 위해 죽은 사람들의 얼굴을 살피며 학교 운동장을 헤매고 다녔던 일들은 평생 잊을 수가 없겠지요. 죽은 이의 얼굴에 쌓인 눈은 녹지 않는다는 사실까지 말입니다. 이제 눈만 내리면 정심은 죽음을 떠올리고, 인선은 어머니 정심의 어린 시절을 떠올리게 될 것입니다.

'새'는 과연 가볍기만 한 존재일까요?

　1부의 제목은 「새」이며, 1부 4장의 제목도 「새」로 설정되어 있습니다. 이 소설에서 '새'가 중요한 역할을 하는 소재임을 눈치챌 수 있습니다. 경하는 연약한 생명체인 '새'를 "눈처럼 가볍다."고 했습니다. 거꾸로 '눈'은 "새처럼 가볍다."고도 했지요. 여기서 가벼운 존재를 단순히 생각하여 무게의 개념으로 이해할 수도 있습니다. 하지만 여러 맥락을 살피며 가벼움의 의미를 생각해 보는 것도 의미 있을 것입니다.

　인선은 경하더러 앵무새에게 가 달라고 요청합니다. 오늘 해가 떨어지기 전에 가지 않으면 새가 죽을지도 모르기 때문이지요. 경하가 죽음을 무릅쓰고 새를 구하러 가는 장면은 한편 생각하면 과하다는 느낌마저 듭니다. 인간과 새의 생명에 대한 경중을 단순하게 비교한다면 말이지요. 그러나 겉보기에 가벼운 듯 보이는 앵무새에게도 엄청난 무게감이 있지 않을까요? 한강 작가는 가장 가벼운 존재를 통해, 가볍지 않은 생명의 가치를 드러냅니다.

　안타깝게도 앵무새는 생을 더 이어 가지 못하지요. 경하는 알루미늄 비스킷 통과 손수건을 이용하여 새의 장례를 치러 줍니다. 자신의 목도리를 벗어 앵무새의 관을 채웁니다. 그 일련의 일은 정성스럽게 행해지는 추모의 과정입니다. 경하는 자신도 모르게 눈물을 흘립니다. 자신의 새도 아니며 사랑한 적도 없는 새였는데 그 죽음 앞에서 고통을 느낍니다. 생명의 무게에 연대하며 슬픔을 깊이 공감하는 것이지요. 그 무게는 절대 가볍지 않으니까요.

　되묻습니다. 과연 새는, 우리의 생명은, '눈처럼 가볍'습니까?

남은 이야기
평화의 섬

제주는 이제 '평화의 섬'으로 불립니다. 역사적 아픔을 딛고 평화와 인권의 가치를 일깨우는 섬이 되었지요. 김대중 전 대통령 재임 기간이었던 2000년에 「제주 4·3 특별법」이 제정되었습니다. 이 특별법으로 제주 4·3 사건은 진상 규명과 희생자의 명예 회복을 위한 발걸음을 내딛었습니다. 죄도 없이 처벌받았던 희생자들에게 무죄 판결이 내려지자, 유족들은 참아 왔던 눈물을 흘렸습니다. 인선의 아버지가 주정 공장에서 고문받을 때 수없이 했던, "죄 어수다, 나 죄 어수다."라는 말은 희생자와 유족들이 가장 하고 싶었고, 듣고 싶었던 말이었습니다.

2003년은 대한민국 대통령이 처음으로 유족들 앞에서 고개를 숙인 해입니다. 노무현 전 대통령은 국가를 대표하여 제주 4·3 사건의 희생자와 유족들에게 공식 사과를 했습니다. 고개 숙인 대통령 앞에서 제주도는 가슴 깊이 감동하며 울었습니다. 유족들은 "이젠 글을 수 이수다."라며 울부짖으면서 마른 가슴을 쳤지요. 더 이상 속숨하지 않아도 되며, 더 이상 아무것도 모르쿠다, 라며 도리질을 하지 않아도 되었습니다.

제주시 애월읍 하귀리의 '영모원'은 화해와 상생을 상징하는 대표적인 곳입니다. 지역 주민들이 십시일반으로 조성한 추모 공간인데요. 군경 희생자와 민간인 희생자를 한자리에 모신 뜻깊은 공간입니다. 이념에 의한 갈등으로 아픔을 겪었던 섬은, 그 갈등을 뛰어넘어 진정한 사랑과 평화가 무엇인지를 보여 주고 있습니다. 제주 4·3 사건이 현대사

교육에서 중요하게 다뤄진다면, 후대에까지 평화·인권에 대한 중요한 진리를 전할 수 있을 것입니다.

최근 유네스코는 1만 4천 건의 자료로 구성된 '제주 4·3 사건 기록물'을 세계 기록 유산에 등재하기로 최종 결정했습니다. 이는 제주 4·3 사건이 지역사에 그치지 않고 세계사적 맥락에서 중요함을 인정받은 결과입니다. 이제 국제 사회는 제주의 아픈 기억을 인류 모두가 기억해야 할 역사로 여기고 있으며, 억눌렸던 진실은 기록으로 되살아날 것입니다.

새기지 못한 이름

제주 4·3 사건이 발발한 지 80년을 앞두고 있지만 유해 발굴 작업과 희생자 및 유족 신고는 계속되고 있습니다. 희생자와 희생자의 유족들, 아직도 후유 장애에 시달리는 사람들, 이념 갈등과 치유될 수 없는 트라우마가 사라지지 않는 한 제주 4·3 사건은 끝난 것이 아니지요. 한강 작가는 침묵을 강요당했던 이들을 대신하여, 입을 열어 말하지 못하는 이를 대신하여 이야기를 전해 줍니다. 경험하지 않으면 알 수 없다는 논리를 정면으로 부수듯, 문학을 통해 상처와 아픔을 보듬고 함께 아파합니다. 그렇게 고통의 경험을 우리에게 전달합니다.

제주 4·3 사건은 갈등과 인식의 차로 인하여 그 경과나 사건에 대한 정의는 있으되, 아직도 공식적으로 역사적 호칭을 얻지 못하였어요. 항쟁과 학살이라는 통합될 수 없는 두 의미 사이에서 합의를 이루지 못하며, 심지어 폭동이나 반란, 사태라는 이름이 붙은 적도 있었지요. 현재 제주 4·3 사건은 단순히 '사건'이라고만 부르는 상태이지만 정명되지 않은 상태이므로 제주 사람들은 '사건'을 떼어 '제주 4·3'이라고 부릅니다.

제주 4·3 평화 기념관 안에는 「백비(白碑: 아무것도 쓰여 있지 않은 비석)」가 누워 있습니다. 백비의 안내문에는 "언젠가 이 비에 제주 4·3의 이름을 새기고 일으켜 세우리라."[8]라는 글이 새겨져 있습니다. 이름도 제대로 찾지 못한 제주 4·3의 아픔에 가슴이 아려 옵니다. 언젠가는 제주 4·3이 제대로 일어서기를 바랍니다.

폭력에 맞선 단 한 줄의 기록

제주 4·3 사건에는 끔찍했던 기억만 있었던 것은 아닙니다. 어둠의 역사 속에서도 생명 존중의 가치를 포기하지 않았던 아름다운 선택이 있었습니다. 폭력적 국가 권력에 맞서 인간의 양심을 지킨 대표적 기록을 소개합니다.

당시 모슬포와 성산포에서 재직한 문형순 경찰서장은 예비 검속자 총살 명령을, '부당(不當)함으로 불이행(不履行)'이라며 거부했습니다. 이 한 줄은 수백 명의 생명과 양심을 지켜 냄으로써 폭력을 이긴 역사적 기록으로 남았지요. 다른 예로 '여수·순천 10·19 사건'이 있습니다. 1948년 10월, 국군 제14연대 군인에게 제주 진압 명령이 떨어졌지만 장병들은 이를 거부했습니다. '죽이라는 명령' 앞에서 '살려야 한다'고 말한 정의의 언어가 항명서에 작성되었지요. 당시 반란군으로 규정됐던 이들의 행위는 오늘날 양심에 따른 정당한 항명으로 평가되고 있습니다.

한강 작가가 말하지 못했던 이들의 이야기를 문학으로 써 내려 갔다면, 문형순 경찰서장과 여순 사건의 항명 기록은 민간 학살을 거부한 도덕적 양심의 실천이었습니다. 한 줄의 거부, 몇 줄의 성명에는 가늠할 수 없는 용기와 인간의 존엄성을 지키려는 목소리가 담겨 있지요. 침묵에 잠긴 이야기를 소설로 되살린 한강, 폭력적 명령을 덮고 정의를 지켜 낸 문형순 경찰서장과 여순 사건의 군인들. 이들은 우리에게 옳고 그름을 판단함으로써 지켜 내야 할 인간성에 대해 이야기하고 있습니다.

▲ 한강, 『작별하지 않는다』의 표지 (사진: 문학동네)

미주

01 작가 한강

1. 김종회,『세계 문학의 현주소를 보여 준 124년-노벨 문학상 수상 소설가들』 (쿨투라, 2025년, 50쪽)
2. 최성우,『타고르 번역과 수용에 나타난 민족주의 수사학』(수사학 제36집, 2019년, 308쪽). 그리고 강효일,「효과적인 시 학습을 위한 고교 교과서의 시 경향 연구」(창원대학교 석사학위 논문, 2002년, 38쪽)에 따르면 이 시는 제7차 교육과정 문학 교과서 5곳에 수록되어 있다.
3. 남승원·오형엽·곽효환·안서현·김태호,『좌담 한강 노벨 문학상 수상, 세계 문학으로서의 한국 문학』(법치와 자유, 2024년, 90~91쪽)
4. 김성신,『한국 문학이 세계 문학의 중심이자 주류-노벨 문학상 수상 그리고 한국 출판 시장의 미래』(오늘의 문예 비평, 2025년, 34쪽)
5. 강계숙,『문학과 사회』(문학과지성사, 2010년, 336쪽)[조정래 외, 2022개정 교육과정『문학』교과서(해냄에듀, 2025년, 62쪽, 재인용)]
6. 한강,『빛과 실』(문학과지성사, 2025년, 25쪽)
7. 한강,『빛과 실』(문학과지성사, 2025년, 28쪽)
8. 한강,『빛과 실』(문학과지성사, 2025년, 15쪽)
9. 김연수,『사랑이 아닌 다른 말로는 설명할 수 없는』(창비, 창작과비평 165호, 2014년, 312쪽)
10. 한강 작가와 신형철 평론가의 대담(광주 MBC, 2020년 11월 1일)
11. 이탤릭체(기울임글꼴)는 소설에 있는 대로 인용하며 이것은 이 책 끝까지 적용된다.
12.『작별하지 않는다』온라인 북토크(문학동네, 2021년 9월 27일)
13. 우리말인 '기울임글꼴'이란 명칭이 '이탤릭체'라는 외국어보다 더 우리말다워 보이지만, 이 책에서는 작가를 존중하는 의미로 '이탤릭체'라는 어휘를 사용한다.
14. 2016 Man Booker Prize 수상 한강 작가와 신형철의 대담(V LIVE Archive, 2022년 12월 9일)
15. 강지희,『고통으로 빛의 지문을 찍는 작가』(작가세계, 2011년 봄, 55쪽)
16. 한강,『기억의 양지』(문학사상사, 제29회 이상문학상 작품집, 2005년, 353쪽)
17. 한강,『기억의 양지』(문학사상사, 제29회 이상문학상 작품집, 2005년, 353쪽)
18. 한강,『기억의 바깥』(작가세계, 2011년 봄, 38쪽)
19. 한강 작가와 신형철 평론가의 대담(광주 MBC, 2020년 11월 1일)
20. 한강,『종이 피아노』(문학동네, 디 에센셜 한강, 2023년, 291쪽)
21. KBS 노벨 문학상 특별 기획(2024년 10월 13일)
22. 한강,『빛과 실』(문학과지성사, 2025년, 10쪽)

23. 한사유, 『자신보다 소설이 더 중요하다고 말하는 작가-소설가 한강을 만나다』(https://blog.naver.com/urimaljigi/40146456140)
24. 하도경, 『한강 작가의 작품 속 불교의 확장성』(2016년 5월 24일자 한국일보에서 인용한 부분, https://www.bulkyo21.com/news/articleView.html?idxno=60429)
25. 김연수, 『사랑이 아닌 다른 말로는 설명할 수 없는』(창비, 창작과비평 165호, 2014년, 316쪽)
26. 2016 Man Booker Prize 수상 한강 작가와 신형철의 대담 (V LIVE Archive, 2022년 12월 9일)
27. 2016 Man Booker Prize 수상 한강 작가와 신형철의 대담 (V LIVE Archive, 2022년 12월 9일)

02 채식주의자

1. 채식주의자(vegetarian)는 고기류를 피하고 주로 채소, 과일, 해초 따위의 식물성 음식 위주로 식생활을 하는 사람을 일컫는데, 그 정도에 따라 세미-베저테리언(semi-vegetarian: 육류 중 쇠고기나 돼지고기 따위의 붉은 고기류는 먹지 않고 닭이나 오리 따위의 조류나 유제품은 섭취하는 채식주의자), 락토오보 베저테리언(lacto-ove vegetarian: 우유나 요구르트 따위의 유제품과 달걀과 같은 동물의 알을 먹는 것까지는 허용하는 채식주의자), 락토 베저테리언(lacto vegetarian: 육류와 동물의 알은 먹지 않고 우유나 유제품만 먹는 채식주의자), 비건 베저테리언(vegan vegetarian: 채소, 과일, 해초 따위의 식물성 음식 이외에는 아무것도 먹지 않는 철저하고 완전한 채식주의자)로 나누기도 한다.
2. 채널예스, 『한강 작가의 '수상 소감'보다 하고 싶었던 말』(2016년 5월 26일)
3. 한국경제(2024년 10월 22일) 발췌 인용

03 희랍어 시간

1. 안데르스 올손, 「2024년 노벨 문학상 수상작 선정 이유」(스웨덴 한림원, 2024년)
2. 호르헤 루이스 보르헤스·윌리스 반스톤 / 서창렬 옮김, 『보르헤스의 말-언어의 미로 속에서, 여든의 인터뷰』(마음산책, 2015년, 79쪽)
3. 호르헤 루이스 보르헤스 / 우석균 옮김, 『창조자』(민음사, 2019년, 13쪽)
4. 호르헤 루이스 보르헤스·알리시아 후라도 / 김홍근 편역, 『보르헤스의 불교 강의』(여시아문, 1998년, 154쪽)

5. 위키백과(https://ko.wikipedia.org/wiki/%EC%9D%B4%EB%8D%B0%EC%95%84%EB%A1%A0)
6. 조연정, 「해설-개기 일식이 끝날 때」(문학과지성사, 『서랍에 저녁을 넣어 두었다』, 2013년, 142쪽)
7. 김경아, 「숨비소리」(경북매일, 2025년 3월 19일)
8. 한강, 「피 흐르는 눈 2」(문학과지성사, 『서랍에 저녁을 넣어 두었다』, 2013년, 54쪽)
9. 한강, 『빛과 실』(문학과지성사, 2025년, 14쪽)
10. 한강, 『가만가만 부르는 노래』(비채, 2007년, 155쪽)

04 소년이 온다

1. 5·18은 그동안 '광주 사태, 광주 의거, 광주 항쟁, 광주 민중 봉기, 광주 시민 항쟁, 광주 민중 항쟁, 광주 민주 항쟁' 등 다양한 명칭으로 불리다가 1997년 정부가 5월 18일을 '5·18 민주화 운동' 기념일로 지정하면서 현재의 명칭으로 굳어졌다. 이 명칭에서 '광주'가 빠진 것은 5·18을 광주라는 특정 지역의 운동으로 한정하지 않고 전국적인 민주화 운동으로 기억하자는 의미가 담겨 있다.
2. 박용준은 5·18 민주화 운동 당시 언론의 허위 왜곡 보도에 맞서 항쟁 지도부가 발행한 '투사회보'를 필사하였으며, 계엄군이 도청에 진입하던 새벽에 총상으로 숨졌다. 당시 나이 25세였다. 이 글씨체는 무료로 배포되는 '박용준투사회보체'이다. '5·18 기념 재단' 홈페이지에 들어가면 '박용준투사회보체'를 내려받을 수 있으며, 박용준에 대한 자료들도 접할 수 있다.
3. 한강, 「빛과 실」(문학과지성사, 『빛과 실』, 2025년, 19쪽)
4. 2016 Man Booker Prize 수상 한강 작가와 신형철의 대담(V LIVE Archive, 2022년 12월 9일)
5. 작중 인물 '은숙'의 실제 모델은 시인 김혜순이다. 자세한 사항은 다음 기사 참조.
    임인택 기자, 「『소년이 온다』 계엄 때 뺨 맞은 은숙, 세계적 시인 김혜순이었다.」(한겨레, 2025년 2월 14일, https://v.daum.net/v/20250214080501742)
6. 작품 속 선주가 당한 고문 이야기는, KBS, 「이것이 人生이다-내 이름은 모란꽃, 5·18 가두 방송 여인 전옥주」편(1998년 5월 21일 https://www.youtube.com/watch?v=Q_V1gMjE-sc, 2분 40초부터)을 참고하면 된다.
7. 광주에서 구두 수선공으로 일하던 당시 27세인 김경철 씨다.
8. 김영택, 『5월 18일 광주』(역사공간, 2010년, 700쪽~701쪽)

9. 5·18 민주화 운동 진상 규명 위원회 사진 자료집
10. 한강, 「빛과 실」(문학과지성사, 『빛과 실』, 2025년, 28쪽)
11. 2016 Man Booker Prize 수상 한강 작가와 신형철의 대담(V LIVE Archive, 2022년 12월 9일)

05 흰

1. 이문재, 「지금 여기가 맨 앞」(문학동네, 『지금 여기가 맨 앞』, 2014년, 142쪽)
2. 나병철, 『문학의 이해』(문예출판사, 2008년, 137쪽)
3. 한강, 「빛과 실」(문학과지성사, 『빛과 실』, 2025년, 29쪽)
4. 바실리 칸딘스키/권영필 역, 『예술에서의 정신적인 것에 대하여』(열화당, 2019년, 93쪽~94쪽 발췌)
5. 모르간 스콧 펙/김창선 역, 『끝나지 않은 길』(소나무, 1999년, 19쪽)
6. 한강, 「빛과 실」(문학과지성사, 『빛과 실』, 2025년, 26쪽)
7. '소비에트 연방'의 줄임말. 유럽 동부와 아시아 북부에 있었던 연방 공화국. 1917년의 10월 혁명이 성공하여 생긴 최초의 사회주의 국가이다. 옛 제정 러시아의 대부분과 우크라이나를 비롯한 15개 공화국으로 이루어진 다민족 국가였으나 1991년 사회주의가 붕괴되고 연방이 해체되었다.
8. 지안 프랑코 스비데르코스키/강우식 역, 『요한 바오로 2세 성인 교황』(가톨릭출판사, 2014년, 190쪽)
9. 최성은, 「뼛속까지 관통하는 소설-폴란드 언론에 비친 한강의 문학」(한국외국어대학교 외국문학연구소, 『외국문학연구』 제97호 특별호, 2024년, 202쪽)
10. 에드윈 윌슨·앨빈 골드퍼브 저/김동욱 역, 『세계 연극사』(HS MEDIA, 2010년, 663쪽)
11. 「Rezensionsnotiz zu Frankfurter Allgemeine Zeitung」(2020년 08월 27일) [서유정, 「문학 언어의 증명-독일 언론과 문학계의 한강 문학에 대한 평가」(한국외국어대학교 외국문학연구소, 『외국문학연구』 제97호 특별호, 2024년, 77쪽, 재인용)]
12. 「Rezensionsnotiz zu Frankfurter Allgemeine Zeitung」(2020년 08월 20일) [서유정, 「문학 언어의 증명-독일 언론과 문학계의 한강 문학에 대한 평가」(한국외국어대학교 외국문학연구소, 『외국문학연구』 제97호 특별호, 2024년, 78쪽, 재인용)]

06 작별하지 않는다

1. 2000년 1월 12일에 제정되었으며, 제주 4·3 사건의 진상을 규명하고 희생자와 그 유족들의 명예를 회복하기 위해 만들어진 법률이다.

2. 제주 4·3 사건: 『제주 4·3 사건 진상 조사 보고서』에는 제주 4·3 사건을 "1947년 3월 1일 경찰의 발포 사건을 기점으로 하여, 경찰·서북 청년단의 탄압에 대한 저항과 단선·단정 반대를 기치로 1948년 4월 3일 남로당 제주도당 무장대가 무장봉기한 이래 1954년 9월 21일 한라산 금족 지역이 전면 개방될 때까지 제주도에서 발생한 무장대와 토벌대 간의 무력 충돌과 토벌대의 진압 과정에서 수많은 주민들이 희생당한 사건"이라고 정의하고 있다.

    2019년 12월까지 4·3 위원회에 심의·결정된 민간인 희생자는 총 14,442명이며, 『제주 4·3 사건 진상 보고서』에 따르면 2만 5천 명에서 3만 명에 이르는 인명 피해를 추정할 수 있다. 당시 도민의 10%에 이르는 엄청난 희생이었다. 이 일련의 사건은 7년 7개월 동안 길게 이어졌다.

3. 표준어 풀이: "잠이 푹 들어 버리면 잡은 손도 놓치는데, 그럴 때마다 시어머니는 깜짝 놀라 일어나서 며느리가 있는가 살펴보고는 다시 손잡고 잤어. 그랬는데 내가 어떻게 시어머니 내버리고 딴 데를 갈 수 있겠느냐. 시어머니와 나밖에 없었는데. 남편과 자식들을 모두 잃어버린 시어머니와 남편을 잃은 나와."

4. 새가름 마을: 제주도 표선면의 새가름 마을은 500여 년 전에 설촌되었으나, 제주 4·3 사건 당시에는 50호에 200여 명이 거주하던 마을이었다. 제주 4·3 사건을 거치는 동안 주민들이 희생당하고, 집은 불태워져 없어져 버렸다. 마을은 없지만 가시리 사람들은 여전히 그곳을 '새가름'이라고 부른다.

    『작별하지 않는다』의 'P읍'이 특정 마을인 '새가름'을 배경으로 한다는 근거는 확인되지 않았으며 소설 속 가상의 장소로 이해하며 읽어야 한다. 다만 소설에서 묘사된 사건과 지리적 특성을 통해 추정해 본 것이다.

5. 최다의, 「고립된 섬들, 탈중심적 재현과 소통의 방법」(국제한국문학문화학회, 『사이間SAI』 제35호, 2023년, 86쪽)

6. '더 가디언'(영국) 인터뷰(2016년 2월 5일)
    - "But they couldn't testify because they were dead so I wanted to lend my own body and voice to them."

7. 김소륜, 「호모 메모리스(Homo Memoris)와 '공정'의 글쓰기-한강의 『작별하지 않는다』(2021년)를 중심으로」(이화어문학회, 『이화어문논집』 제59.호, 2022년, 133쪽)

8 제주 4·3 평화 기념관 「백비」안내문